巅峰阅读文库
DIANFENG YUEDU WENKU
校园文学优酷悦读

我到美国种荸荠

李洪文 著

最原创故事

Wo Dao Mei
Guo Zhong Bi Qi

天津人民出版社

图书在版编目（CIP）数据

我到美国种荸荠／李洪文著．—天津：天津人民
出版社，2012.1

（巅峰阅读文库．校园文学优酷悦读）

ISBN 978 - 7 - 201 - 07298 - 2

Ⅰ．①我…　Ⅱ．①李…　Ⅲ．①故事 - 作品集 - 中国 -
当代　Ⅳ．①I247.8

中国版本图书馆 CIP 数据核字（2011）第 245955 号

天津人民出版社出版

出版人：刘晓津

（天津市西康路 35 号　邮政编码：300051）

邮购部电话：（022）23332469

网址：http：//www. tjrmcbs. com. cn

电子信箱：tjrmchs@ 126. com

北京市凯鑫彩色印刷有限公司

2012 年 1 月第 1 版　2012 年 1 月第 1 次印刷

787 × 1092 毫米　16 开本　12 印张

字数：150 千字

定价：20.00 元

为自己的人生喝彩

我是个在农村长大的孩子，没读过高中，更没上过大学。

那时候，一辈子脸朝黄土背朝天的父母是多么希望我能考上大学跳出"农门"哪，可我还是让他们失望了，连考两年均以两分之差名落孙山。当我看到邻家的同学拿着录取通知书兴高采烈由父母陪同去上学的时候，我的眼泪流了下来，除了对同学的羡慕之外，泪光中更多的是对未来的迷茫。

这世界上，难道除了上高中考大学外，就再也没有什么别的出路了吗？

我上初中时就喜欢文学，自小就有一个绮丽的作家梦。我当时就想，别人能干成的事儿我为什么就不能干成？我何不从用自己的爱好出发做一个作家呢？于是，我还就堂堂正正地作起了作家梦。于是，没事儿的时候，读书写作就成了我生活中不可分割的一部队份，就是到地里头锄草，我也忘不了揣上一本书来读。

俗话说，宝剑锋从磨砺出，梅花香自苦寒来。我知道，文学这条道路布满荆棘，也是独木桥，不过我想，只要我肯付出了，就会有所收获。这就好比爬山，不经过一番尝试又怎能知道知道山那边的风景呢？为了补充足够的"营养"，我钻进了书的海洋里如饥似渴地汲取着养分。可是我的举动，还是遭受到了许多人的不理解，他们讥笑我是在白日做梦，可是我却更坚定了创作的决心。

事情果真没有我想象的那样简单，年终下来，退稿积攒了一大堆。我当时也对自己的理想发生了置疑。这时，妻子及时地鼓励我

说，凡事得慢慢来，无论什么事情总得有个过程，谁又能一口吃下个胖子呢？我坚信你会成功的。这时候一些热心肠的编辑也来信鼓励我，他们都说我的文笔不错，只是没有把握好思路，建议我对症下药，多买几本他们的刊物看看，有的故事编辑怕我买不到他们的刊物，干脆就免费赠阅。

于是，我试着改变路子，写出了几篇故事，竟出乎预料的顺利。特别是本书中收录的《我到美国种荸荠》这篇稿子发表后，我不仅接到了《今古传奇·故事版》编辑谢云老师热情洋溢的鼓励电话，同时，国内热心读者的电话，也是不断。特别是一位中国的留学生，他在留美取得了硕士文凭后，回国创业，遇到了前所未有的困难，他看到了这篇故事，也通过编辑部，急切地找到了我的电话，这名留学生在电话里激动地对我说："这篇故事虽然是虚构，但他却从这篇故事当中，看到了自己过去在美国留学打工时候的影子，想起了那时候艰苦的岁月，现在还有什么困难不能克服呢?!"

直到这时候，我才知道，故事的力量，竟然如此之大。通过这篇令我深有感触的故事，我的世界观都为之改变。是故事令我的人生从此不同。是故事使我的境界上了更高的一个台阶。

我不敢说我的成功的，至少我在尝试一条一般人不敢走的路，这条路也是很多文学青年的理想，现在，他们不止一次地和我交流，试探着迈出了令人欣喜的一步。

我常常把这种生活比喻为键盘上的舞蹈，我像一名生活的舞者，在岁月的键盘上翩翩起舞。也许会有一天，我会偶尔跌倒，但我仍会把它看作生活的馈赠，它使我学会坚强，并慢慢领悟生活的真谛。

我想，能够从事自己所喜欢的工作，这本身就是一种成功。

我要为自己的人生喝彩！

李洪文

目录

目录

第一辑　不一样的人生

当"藏红花"的感觉

肖鹤是大地饲料公司的副经理，可谓劳苦功高，可是今年企业高层赴西藏旅游的名单上却没有他，他来到董事长办公室，正要和韩少平说理，没想到韩董拿起一份英国传真，上面是伦敦一家畜牧公司发过来的订货单，原来那里的饲养场最近新引进了一种荷兰产的肉牛，需要一种更好更新的饲料。

韩少平的意思是叫肖鹤赶快把这种新饲料配方搞出来。肖鹤推脱道："前几天我接到电话，说我母亲病了，我想请假回家一趟！"

韩少平看着肖鹤，点了点头，准了他的假。肖鹤憋着一肚子气，回到了苏州的老家，他母亲高血压的老毛病又犯了，他父亲正在院子里的老柳树下熬红花降压汤呢。

肖鹤把自己遭冷遇的经过讲了一遍。肖鹤的父亲也不说话，他找了个瓷碗，把药壶里面黑色的药汤先倒了出来。然后取过一只酒杯，倒上黄酒，把20多个藏红花的干花放进了黄酒中。

肖鹤父亲把那只装着藏红花的黄酒杯用开水烫了一会，然后将里面变成红色的黄酒浸液倒进了药碗，老爷子一边用筷子将药汤搅匀，一边慢吞吞地说道："这藏红花非常珍贵，它不能和别的中药一起熬、只能单独处理啊……想要享受这个高规格的待遇，首先要做的，就是要把自己变成一朵"藏红花"啊！"

肖鹤等母亲病情稳定，他急忙回到了大地畜牧饲料公司，一个星期后，一种全新配方的肉牛饲料被他搞了出来。配制成功后，空

运到了英国，经过伦敦的饲养场试用，效果非常不错，伦敦肉牛饲养厂老总亲自打来电话，邀请大地畜牧饲料公司派专人去伦敦，他们正等着签署长期供料的合同呢。

韩少平走到肖鹤面前，变戏法似的拿出了签证和直飞英国的机票，韩少平对着发愣的肖鹤笑道："签了合同之后，不要着急回来，伦敦塔桥，白金汉宫……你要好好地在英国玩几天啊！"

肖鹤终于能展颜一笑了，当"藏红花"的感觉真好啊！

暗度周仓

袁凡当过兵，干过工人，现在是龙翔化工厂的厂长。他今年还不到50岁，脸上虽然还是棱角分明，可是脑门上的头发已经开始见稀疏了。他名下的龙翔化工厂占地一百多亩，是南坪市纳税的第一大户，龙祥化工厂最主要的产品就是号称塑料王的聚四氟乙烯。

聚四氟乙烯在工业中用途很广，市场竞争也是异常激烈，袁凡聘用了20多名销售人员，可是他最大的目标用户——南国聚四氟乙烯轴承集团公司却始终不肯用他们厂的产品。

袁凡面对日益艰难的经营形势，一咬牙，做出了一个无奈的决定，还是先从管理层开始裁员吧！

人事部的部长已经把裁员的名单报了上来，袁凡正要提笔签字，就听门外响起了秘书吴倩的敲门声。原来是销售部的雇员周仓找上门来，他一定要见袁凡。

周仓进化工厂的购销部还没有一个月，由于资历太浅，这次裁员名单中第一个就是他。别看周仓和庙里给关老爷扛刀的周仓同名，可他却是一个戴着眼镜，模样很英俊的小伙子。

周仓进门先说了一句——总经理好，然后就变戏法似的从西服里面抽出了两条中华烟，轻轻地放到了袁凡的办公桌上。看样子他这是给袁凡送礼来了，袁凡一皱眉头，将中华烟推到了一旁，说道："公司对裁员的取舍，主要是看个人的工作能力……你这是干什么？"

　　周仓结结巴巴地说道："是，您说的对，可是，可是……"原来周仓的父亲周大海是个农民，他辛辛苦苦把周仓供到了大学毕业真的很不容易，周大海明天就要来市里看儿子，周仓本来已经和父亲说好，要先带他到龙翔化工厂参观。如果今天被炒鱿鱼了，他父亲心脏不好，真要是明天一难过……那可真够叫他后悔一生的了！

　　袁凡两手一摊，为难地说道："小伙子，那你叫我怎么办？"

　　周仓的意思很简单，迟一天解雇他，他明天要当两个小时的购销部主任，用购销部主任堂皇的名头安慰父亲一下，然后再叫袁凡邀请他们父子俩吃个便饭，当然吃饭的钱周仓会暗中买单的……

　　袁凡一见周仓如此孝心，不觉得心头一软，他点了点头，说道："好吧，我同意，不过你当完两个小时的"购销部"主任后，我们还是不能留下你啊！"

　　周仓一见袁凡同意了他的要求，高兴得一下子跳了起来，他冲着袁凡伸手一晃说道："明天晚上5点，我过来请您吃饭，吃完饭我就离开公司！"

　　袁凡正要叫周仓把烟拿回去，可是这个周仓早就一溜烟地跑没影了。

　　第二天，周仓的父亲周大海果然来到了南坪市。周仓的父亲周大海倒像极了庙里的周仓，身材魁梧，说话大嗓门，他下午四点钟来到了龙翔化工厂，他跟在儿子身后，到购销部先转了一圈，看着儿子那套豪华的办公桌椅，他不由得连连点头，看来化工厂对儿子这个"购销部的主任"还是很重视的啊！

　　参观完购销部的办公室，周大海连声说好，周仓脸上满是得意的神色，他领着周大海直接来到了袁凡的办公室，周仓刚给两个人介绍完毕，周大海就上前一把抓住了袁凡的手，他激动地说道："袁经理，久闻大名啊，我把儿子就交给您了，这小子要是不好好干，您就找根皮带狠狠地抽他！"

原来这个周大海也当过兵啊，袁凡一问他部队的番号，真是巧，两个人曾经同在一个部队，竟都是衡阳守备团的战友呢！

周仓见两个人唠得热火朝天，他在一旁焦急地直看手机上的时间，眼看过了5点，周仓凑到父亲的耳边，低声说道："袁总很忙，咱们是不是找个地方边喝边聊啊？"

袁凡点头笑道："去老战友酒店，今天我请客！"

袁凡开着奥迪车，拉着周家爷俩直接来到了老战友酒店，袁凡点了一桌子的衡阳菜，酒是60度的衡阳老白干。周仓不喝酒，可是倒酒却倒得非常勤快。袁凡和周大海推杯换盏，喝到了掌灯的时分，他们两个都有五分醉意了。就在两个人兴高采烈的时候，就听包厢的外面传来轻轻的敲门声，开门一看，竟是购销部的小张，小张手里拿着一份购销的意向书，他这是找周仓和袁凡"签字"来了。

袁凡看着周仓竟将假戏做得如此之真，心里也是有点喜欢上了这个鬼精灵，袁凡心里正在盘算着明天是不是叫这小子继续上班的时候，周仓拿着那份购进耐酸泵的计划书凑到了袁凡的身边。

龙翔化工厂的主要产品是聚四氟乙烯，生产聚四氟乙烯是需要大量的硫酸的，抽取硫酸的耐酸泵自然必不可少。世界上最好的耐酸泵是德国产的FDS衬氟泵，他们的保用期限是3年，当然价格也是最高的。而日本的衬氟泵价格是德国的70%，可是保用期限是两年。

龙翔化工厂开业至今已快3年了，那批德国进口的衬氟泵马上就要被淘汰了，究竟是用德国的还是日本的耐酸泵，袁凡这几天也在踌躇，要知道50多台耐酸泵，他可得花100多万美元的外汇啊！

这份意向书明显就是周仓复印的，只要袁凡草草签署一下，就算给了周仓这个假"购销部主任"的面子了。袁凡拿出了签字笔，正要签字，没想到周大海在旁边一伸手"砰"地一声，把袁凡的手

抓住了。

周大海从袁凡的手里接过合同，他看了几眼，摇摇脑袋说道："袁老弟，你不应该买这两家外国厂子的耐酸泵啊！"

袁凡听周大海讲完，有点发愣，他说道："周大哥，可是除了这两家的耐酸泵信誉卓著外，其他家的耐酸泵我都不敢相信啊！"

周大海听袁凡讲完，他把酒杯里的酒"咕嘟"一声，灌进了喉咙，他放下了酒杯，大声说道："你买我们厂的耐酸泵吧，我保你用得住！"

周大海讲完，摸出了自己的名片，这个周大海竟是萧山耐酸泵厂的厂长啊！袁凡看着名片，就觉得脑袋"嗡"地一声，脑门立刻流出了一层冷汗，他当时的酒就醒了三分。

谁会想到，这个周仓竟然是周大海派到龙翔化工厂的卧底啊。今天这个饭局竟是他们父子二人定下的一个计策啊！看着袁凡脸上充满警惕的表情，周大海笑得直抹眼泪。他伸手拍了拍袁凡的肩膀，说道："老弟你放心，我们爷俩可都不是骗子啊！"

周大海从皮包里拿出了盛松牌耐酸泵的合格证书，他说道："老弟刚建厂的时候，我就上门推销过盛松牌的耐酸泵，可是你根本就不见我……没有办法，现在老哥我只好明修栈道，暗度陈仓了！"

国内的耐酸泵虽然价位较低，可是质量却不过关，算上因为修理耐酸泵所造成的停产损失，用国产泵比买外国泵花的钱多啊！

周大海听袁凡讲完，他摇了摇头，从皮包里又掏出了一张图纸，说道："你看完这张图纸，就一定能下决心购买我们厂的耐酸泵了！"

周大海带来的图纸画得很是详细，在原来一台耐酸泵的单独管路旁，周大海竟然又串联上了一个管路，也就是说，周大海在同一台管路上，并联上了两台耐酸泵。

盛松牌耐酸泵的保用期限是一年半，但任何一台耐酸泵连续工作一年是绝对没有问题的。买一台日本耐酸泵的钱，就能买3台盛松牌的耐酸泵啊。输送硫酸的管路经过周大海的串联改造后，如果一台耐酸泵出了毛病，直接开启另外一台备用的耐酸泵即可，根本不需要停工检修和替换新泵啊！

听周大海讲完，袁凡也是忍不住直点头。周仓为了叫他更放心，在一边接着说道："您放心，改造管路的钱也是我们耐酸泵厂出！"

袁凡伸手挠了挠头皮，说道："你们厂子的耐酸泵可用，只不过……"

周大海爽快地说道："老弟你有什么担心只管讲！"

袁凡一指周仓说道："叫他当我干儿子，不知道老哥你舍不舍得？"

周大海一听这点小事，自然满口答应。

袁凡高兴地给周大海倒满了一杯酒，喝完酒，他压低了嗓音，对周大海说道："大哥，我也有一件烦心的事啊！"

龙翔化工厂的技术绝对是世界一流的，生产的聚四氟乙烯自然不会比国外的质量差。可是南国轴承集团公司却不肯用他们提供的产品。今天看来，责任不在对方，而是他自己和南国公司老总的交流还不到位啊！

周大海听完也是愁得直皱眉头，卖耐酸泵还成，卖聚四氟乙烯他也帮不上忙啊！

袁凡看了周仓一眼，说道："别看你现在是我的干儿子，可我今天还是得开除你，明天你不要到龙翔上班来了！"看着周仓一脸狐疑的神色，周大海笑了，他已经猜出了袁凡的目的。他会找路子把周仓安排到南国轴承集团的高层工作一段时间，凭着周仓的聪明，相信他一定会创造出一个机会，令他和南国的老总单独见上一面，只要有了见面的机会，他就有信心把聚四氟乙烯卖到南国轴承

集团去!

　　周大海和袁凡同时对着对方竖起了大拇指，这可是男人对男人的欣赏啊。随即欢快的笑声在包厢里响了起来！

出监礼

宁成是宁家铺子村退休的老村长，他老伴去世得早，儿子成家后，他就和儿子儿媳住在一起。这天一大早，他领着儿子大柱下地去给剑麻除草，爷俩一直干到了早上9点多钟，眼看着头顶毒辣辣的阳光，宁成便把锄头扛到了肩上和儿子一起回家，儿媳妇桂花已经把早饭准备好了。宁成刚拿起馒头要咬，可是他一瞥眼睛，发现饭桌的一角放着一张大红色的请柬。

请柬原来是侯三亲自派人送来的。这侯三可不是什么好东西。这小子3年前欺行霸市，帮外地客商强行收购宁家铺子的剑麻，宁成出面跟他说理，侯三犯浑，竟把宁成的腿打折了。侯三为此蹲了三年监狱。现在侯三刚一出来，便大发请柬，敢情他这是叫乡亲们给他送出监礼啊！

宁成气得一拍桌子，吼道："他还想收出监礼？我们家谁也不许去，蹲监狱还蹲出功劳来了，他不嫌砢碜，我还嫌砢碜呢！"

大柱端起了粥碗，低声劝说道："爹，侯三打架不要命，我们惹不起，改天叫桂花给他送100块钱去，就权当打发讨饭的了！"

宁成也知道儿子胆小怕事，他咬了口馒头，把大红的请柬揣到了怀里，说道："这事你们就别管了，到日子我给他们送礼金去！"宁成讲完，不由得叹了一口气。

宁家铺子位于黑龙江畔，是个人口超过3千的大村子，这里的村民们世世代代都喜欢种植剑麻，可是现在的剑麻供大于求，老百

姓的日子并不好过，侯三这个祸害又回来了，宁成真是愁都愁死了！

转眼到了星期六，侯三这小子还真有点手段，他借村小学学生放假的机会，把教室里的课桌都搬到了操场上，课桌上摆放着瓜子和茶水，侯三穿着西装，打着一条鲜红的领带，正大声地招呼来送出监礼的乡亲们，村会计韩小东正低头记账呢。

看着宁成瘸着一条腿走进了学校的院子，侯三先是一愣，接着满脸堆笑，急忙迎了过来。

低头写礼的韩小东可是宁成一手提拔起来的，看着宁成走了进来，写礼的韩小东也是一脸的尴尬。

宁成神态凛然，他并没有握侯三伸过来的手，他望着课桌上的瓜子和茶水，夸张地对着侯三竖起大拇指说道："侯三，你小子这主意高啊，收了出监礼不说，连办酒席的钱都省下了！"

侯三脸色一红，急忙解释道："老村长，那要不下午我单独请您一桌？"

宁成脑袋一晃，说道："吃你的酒席，我怕消化不下去！"宁成说完话，一屁股坐到了账桌的对面，他从衣服兜里掏出了 5 张 50 元的人民币"啪"地一声，拍在了桌子上。

随礼金——250 元，这在宁家铺子村可是最侮辱人的事啊！宁大柱因为不放心，他偷偷地跟了过来，宁大柱见父亲如此随礼，他跑过来急忙拉父亲的衣襟。

宁成根本不理会儿子的劝说，他狠狠地一拍桌子，对着侯三吼道："侯三，没想到你蹲监狱还蹲出出息了，还知道回来收出监礼了，你不嫌羞，我都替你砢碜！"

看着侯三的眼睛瞪成了鸽子蛋，宁成从裤带上"嗖"地一声，摸出了一把菜刀，他用亮晃晃的菜刀指着侯三的鼻子吼道："侯三，你小子别张狂，记住，在宁家铺子还有一个人不怕你！"宁大柱急忙把自己的爹拽出了学校的院子，就听身后的侯三大声叫道："收宁成礼金 250 元！"

宁家铺子村 200 多户人家，侯三竟敛到了 3 万多元的出监礼。侯三一转手，便把原来废弃的老村支部的院子买了下来，侯三又引进了几台锈迹斑斑的机器，经过一个多月的改造和调试，一个简单的厂子已经初具规模了！

侯三的厂子是建完了，可是乡亲们也不知道他想生产什么，这一转眼，又过了十几天，市里剑麻加工厂开始派汽车到宁家铺子收购剑麻了，可是他们今年开出的价格实在太低了，除去了工本和化肥，宁家铺子的乡亲们几乎没有什么赚头了。

侯三瞪着眼睛找到厂方派来的收购经理，两个人三说两说竟动手打了起来，侯三也不客气，他抄起一根棍子，轰鸡似的把收购经理赶出了村子。

厂方派来的十几辆收购汽车也都空载而归，宁家铺子的乡亲们全都傻眼了。要知道这剑麻可不像是粮食，卖不了可以留着自己吃，收购剑麻的汽车已经被侯三打跑了，老百姓要是自己雇车去卖剑麻，卖的钱还不够雇车费的啊！

宁成得到消息，急匆匆地来到收购剑麻的现场，剑麻厂的汽车早就跑得无影无踪了，宁成气得暴跳如雷，他指着侯三的鼻子骂道："侯三，你小子想干什么！"现在剑麻还都长在地里，真要是因为运不出去烂掉了，那侯三可就真成了宁家铺子的大罪人了！

侯三把眼睛一瞪，吼道："这个狗屁剑麻厂也太不仗义了，剑麻的价格定得这么低，他们拿咱们乡亲们当什么?!"

宁成也知道剑麻厂不仁义，可是不仁义归不仁义，也比剑麻烂在地里要强啊！

宁成刚把话说完，没想到侯三一拍胸脯道："没关系，乡亲们可以把剑麻卖给我啊，我的厂子全部高价收购！"侯三定的收购价格真比剑麻厂高出一大截，可是他没有现款，只能给乡亲们打白条。

这个侯三真的是太阴险了，他把收购剑麻的经理打跑，乡亲们种的剑麻就只能卖给他了。侯三一边大量地收购剑麻，一边假惺惺地给乡亲们打白条。他的剑麻加工厂机器日夜不停地运转，那收上来的剑麻都变成了一堆堆的绳子。

看着那一车车的绳子被运走，乡亲们都纷纷找到宁成，想叫他给拿个主意。宁成家的剑麻也被儿子大柱卖给了侯三，看样子他只能替乡亲们出头了。

宁成来到侯三的剑麻绳子厂，侯三正吆吆喝喝地指挥着工人们往车上装绳子呢。宁成把眼睛一瞪，刚说了一句"要钱"，侯三挠挠头皮"噗嗤"一声，乐了。别看他这绳子卖得挺火，可是绳子都是被他赊销出去了。要钱还得等到年底，不然的话，就只能拿绳子抵钱了。

宁成要的是钱，他又不想上吊，要绳子干什么？宁成没办法，只得朝侯三要来了还钱的准确日子。好不容易等到了那一天，他又来到了剑麻绳子厂，可是一打听，宁成愣住了，原来出门讨债的侯三已经有20多天没回来了。难道侯三这个狼心狗肺的家伙拿着大伙的钱跑了不成？

宁成向剑麻厂的业务员要来侯三的手机号，可是用儿子的手机一打，侯三的手机竟关机。看样子侯三这小子真的跑了！宁成越想越气，窝了一股火，回到家竟病倒了。他儿子大柱急忙把他送到了镇里的医院。

宁成这病来得急，去得也快，没到3天，病就好了一多半，这天一大早，儿媳妇桂花从家里急急忙忙地赶到了医院，原来侯三这小子回来了，正在村子里大摆宴席呢！

宁成一听，鼻子差点没被气歪，他叫儿子办好了出院手续，打车回到了宁家铺子！

侯三这小子头上缠着白纱布，那神态就好像是从战场上归来的伤病员，他又把酒席摆在了学校的操场上，赴宴的乡亲们推杯换盏，那气氛还真的很热闹。

侯三已经喝得有五分醉了，他大老远见宁成回来，急忙迎了出来，他伸胳膊正要和宁成握手，没想到宁成却把手一挥，说道："剑麻钱呢？"

侯三一指操场正中放着的那个木箱子说道："钱都在那里！您还是先吃完酒席，我再把钱分给您吧！"

宁成看着桌子上的鸡鸭鱼肉，他把眉头一皱说道："我怕你的酒菜里有耗子药，把钱给我，我立刻走人，不然我可对你小子不客气了！"

侯三一招手，村里的会计韩小东急忙跑了过来，他翻开账本一瞧，侯三欠宁成家的剑麻钱正好是 3560 元。侯三倒也大方，张嘴叫会计给了宁成 3600，那 40 块钱，就算利息吧！

宁成一见剑麻钱到手，他抬腿刚要走人，没想到侯三说道："老村长，您还是喝我一杯水酒吧，您要是现在走，恐怕您会后悔的！"

宁成刚要问啥叫后悔，没成想侯三"嗖"地一声跳上了讲台，他冲着在操场上吃酒的乡亲们大声说道："乡亲们，大家吃完酒，我会把剑麻钱一分不少地分给大家，我今天还有一件事情要说，就是那笔出监礼啊！"

侯三刚出监狱，两手空空，怎么能弄到启动资金呢，他就厚着脸皮，办了一个出监宴，那敛上来的 3 万多元就成了他建厂的启动资金。厂子建完，他手里已经没有收购剑麻的钱了，他又心生一计——动用武力，将市剑麻厂的业务经理打跑，他用的手段虽然低劣，可总算是解决了绳子厂原料供应的问题啊！

他为了把绳子都卖出去，竟用上了赊销的手段，可是在追讨一笔货款的时候，侯三还是叫人打伤了脑袋……看来这个侯三为了把

厂子办好，还真是舍了命似的在干啊！

侯三把货款全部收上来后，他粗略地一算账，今年竟盈利30多万。当初乡亲们迫于他的"淫威"，送给他3万多块钱的出监礼，这笔钱都已经被侯三当做绳子厂的200多个股份了，现在平均乡亲们的每一个股份上，都有1500元的红利啊！

10多倍的回报，看样子乡亲们真的是赚了。侯三刚把话说完，乡亲们都愣住了，宁成不相信地问道："慢……你小子说的啥意思，莫非我当初送你250元的出监礼，你现在要还给我3750元当回报？"

侯三点了点头说道："我侯三以前不是人，也不怪宁家铺子的老少爷们都拿我当祸害，我今天跪地磕个头，算是给大家赔罪了！"

侯三讲完话，跪在讲台上"咚"地一声给大家磕了一个响头。宁成愣愣地看着侯三给大家磕过头，他猛地一跺脚，叫道："侯三，你小子行，你还算是喝宁家铺子水长大的爷们儿！"

宁成拐着一条腿上了讲台，他面对台下的乡亲们大声嚷道："我说乡亲们，咱们这钱还是放在绳子厂的账户上别动了，从今往后，就叫侯三这小子给我们钱生钱吧。相信我的眼力，我不会看错人的！"

台下响起了一阵热烈的掌声，侯三和宁成的四只手，紧紧地握到了一起！

捆蟹的草绳卖高价

上海浦东有一个奇福大闸蟹养殖公司，公司的老总是一个叱咤商界的女将，她的名字叫郑佩云。自从她父亲郑燮把养殖公司交到她的手里，大闸蟹的产出规模比以前已经扩大了好几倍。

眼看就要到大闸蟹集中上市的 8 月份了，郑佩云开着自己的宾士车，顺着观光路一直来到了西波堤的海边。

经理助理小潭正领着一百多名工人在割螃蟹草呢。青绿色的螃蟹草经过日光的暴晒和海水的浸泡后，就能用来捆张牙舞爪的大闸蟹了。

郑佩云把车停在晾晒好的螃蟹草堆旁，小潭急忙跑了过来，郑佩云翻动着泛着咸腥味道的螃蟹草，点了点头，说道："还不错!"

郑佩云刚要嘱咐小潭几句，没想到海边传来一声惨叫，一个名叫三丫的安徽姑娘收割螃蟹草时，因为精神溜号，手中的镰刀正好砍在了左手的四个手指上。三丫用右手捂着左手的伤口，鲜血"滴滴答答"地流到了沙滩上。小潭虽备有一些创可贴、刀伤药，可是三丫手指头上的伤太重，根本就不是他能处置的啊。

郑佩云皱着眉头，打开车门，载着受伤的三丫和她的一个小姐妹，直接把车开到了浦东第三医院。挂号，看病，交押金……郑佩云忙了有一个多小时，才把三丫住院的事情给办好了，她从医院出来，开车直奔人才市场。郑佩云的老公韩杰出门推销"奇福"牌的大闸蟹去了，她公司里还缺一名女秘书，家里还得雇一个小保姆，

可是因为她的条件苛刻，目前还真没有合适的人选！

郑佩云没有办法，回到了公司。转眼一个星期过去了，韩杰在全国各地酒店推销大闸蟹已经初见成效，几十张订单已经摆满了她的办公桌，她正在低头看着订单，忽听外面传来了轻轻的敲门声——早晨上班的时候，人事部的主管就通知她，说有人应聘她的保姆和女秘书，听声音，这一定是应聘的来了。

橡木的办公室门一开，走进一个浑身充满着灵气的姑娘。郑佩云看着这姑娘非常眼熟，仔细一端详，这不是那个被镰刀割伤手指的三丫吗？

难道是三丫又朝她要医药费来了？没想到三丫用包着纱布的左手一拢头发笑道："我的大名叫唐笑，是西南经贸学院的毕业生，到海边割草是想丰富我的工作阅历，我今天是来应聘那两份工作的！"

唐笑竟要一个人应聘秘书和保姆两份工作。郑佩云先问了十几个商业上的问题，唐笑对答如流，看来唐笑做她的贴身秘书很适合啊。等到晚上回到别墅，唐笑露了一手蒸制徽菜的手艺，郑佩云吃得更是连连点头。徽菜讲究以火腿佐味，冰糖提鲜，唐笑虽然没有徽菜大厨做得好，可是她却也把徽菜的风味发挥得淋漓尽致，看来唐笑这个秘书兼保姆算是雇对了。

转眼到了8月8号，奇福养殖场的大闸蟹终于下网开捕，郑佩云的丈夫韩杰是养殖场的厂长，他也早早地赶回了基地。韩杰一米八的个子，风度翩翩，长得一表人才。

奇福养殖公司的十几名董事都站在蟹池边，一网下去，打上的大闸蟹虽然脐圆形正，可是却没有去年的个头大，望着大闸蟹青里泛白的蟹壳，十几个董事"噼里啪啦"地鼓起掌来，郑佩云却眉头紧皱。她一把将韩杰拉到旁边的办公室里，然后一拍桌子低声吼道："韩杰，你为什么不给蟹池子里加生长激素？"

韩杰两手一摊，说道："大闸蟹今年的长势很好啊！"奇福大闸蟹原是老上海有名的品牌，可是这些年竞争激烈，有很多养蟹的不法商贩都往蟹池子里掺入不等量的生长激素。摄入激素的大闸蟹个体更大，品质超过正常养殖的很多，可是那激素却对人体有害啊。

韩杰最反对的就是往蟹池里加激素，夫妻二人为了这件事情没少吵架。郑佩云毕竟是奇福大闸蟹养殖公司的董事长啊，她指着韩杰的鼻子，把他狠狠地训了一顿，说什么也不能叫他在养殖场当厂长了。韩杰也不生气，无官一身轻，乐呵呵地回家当宅男去了！

大闸蟹因为体型没有去年的大，上市半个月，卖的就好像温吞水一样。郑佩云急得嘴角都起了一溜的小水疱。郑佩云这几天正跟外地的客商联系，想进一批喂了激素的大闸蟹混到自己的蟹堆里去卖呢，可是养殖场的公章都被韩杰拿到了家里，她开车回家，把宾士车停到了别墅前，用钥匙打开房门，却发现房间里一个人也没有。

当她一掌推开厨房的门，韩杰和唐笑竟搂在了一起亲热呢，唐笑一见郑佩云进来，也不慌张，还挑衅似的在韩杰的脸上吻了一口。

郑佩云也没想到老实的丈夫竟敢搞地下情啊，一定是唐笑这个狐狸精在勾引韩杰。郑佩云抢起巴掌，正要向唐笑的脸上扇去，没想到韩杰一声怒吼，抓住了郑佩云的一条胳膊猛地一推，把她推倒在地毯上。

郑佩云咬牙切齿地站起身来，怒吼道："滚，你们都给我滚！"

韩杰从皮包里摸出一叠复印件，郑佩云怒气冲冲地接过来一看，冷汗当时就冒出来了。这个韩杰真的是太阴险了，他竟伪造老董事长郑燮的签名，把郑佩云持有的奇福股票都悄悄地转到了自己的名下，别墅也被改成了韩杰的私产，她从闻名浦东的女强人突然间变成一个穷光蛋了！

只有在电视上才能看到的虚幻情节，竟然在生活中离奇地上演了。郑佩云回到公司闹了两天，可是那些胆小怕事的董事们谁也不

敢管他们的家务事，她又找来自己的私人律师，她的私人律师看完完全合法的股票转移证明，也是束手无策啊。韩杰现在成了奇福的董事长了。

郑佩云回家和韩杰又大吵了一架。她直骂自己 6 年前瞎了眼，竟会相信父亲，找了一个如此阴险狠毒的丈夫。

韩杰冷笑道："你要埋怨，就找你埋在黄山石门寨的父亲说去吧！"

郑佩云也不知道自己是怎么开车离开别墅的。宾士车被她迷迷糊糊地开上了高速公路，等汽车上了高速公路，她才猛然发现，自己的车竟鬼使神差地往黄山石门寨的方向开去。

郑燮故世前，曾经留下遗嘱，要把自己的骨灰盒埋在黄山脚下的石门寨。800 多里的距离，郑佩云开了一夜的车，太阳露脸的时候，她终于来到了石门寨。他望着父亲坟前的大理石碑，默默地走下了宾士车，是郑燮力主她和韩杰结的婚，现在倒好，狼心狗肺的韩杰最后把她给骗了，除了那辆车和一张仅有 8000 块钱的信用卡，她现在已经是穷得一无所有了。

郑燮的坟前很干净，那块大理石的墓碑也被人擦得一尘不染。郑燮当年下乡来到了石门寨，并在石门寨认了个干闺女，郑佩云虽然 5 年前在父亲的葬礼上见过那个名叫香草的中年女人，可是由于当时伤心过度，印象也早就有些模糊了。

郑佩云在父亲的坟前把韩杰抛弃自己的经过讲了一遍，说到动情之处，她哭得天昏地暗。郑佩云哭到最后，只觉得浑身没有一丝力气，她正趴在大理石墓碑上抽搐呢，忽然，有人轻轻地拍自己的肩膀，她睁开红肿的眼睛，抬头一看，来的人她依稀认得，不正是父亲的干女儿——香草吗？

香草惊喜地看着郑佩云，叫道："你是佩云妹子吧，怎么给咱爹上坟你也不告诉姐姐一声，叫我替你准备点祭品啊！"郑佩云脸上强挤出一个尴尬的笑容，她也不知道怎么称呼这个只见过一面的干姐姐。

香草非要留郑佩云住几天，郑佩云正没地方去呢，她把车开到了石门寨。石门寨只有百十户人家，是一个偏僻的小山村，香草的男人早在前几年上山采药的时候掉下山崖摔死了，她和忙于打拼的郑佩云一样，也是无儿无女，孤身一人。

香草家是三间瓦房，屋里只摆着几件简陋的家具，在一只掉漆的木箱子上，支着一个镜框，镜框里面贴的都是郑燮下乡到石门寨的老照片。

别看石门寨闭塞，可是这里的空气清新，民风淳朴，虽然每天粗茶淡饭，郑佩云住了一个多月之后，她倒有一种乐不思蜀的感觉了。别看香草日子过得紧巴巴的，可是对这个上海来的干妹妹却是大方得很，吃住都是最好的！

郑佩云每天看着淳朴善良的香草，这才明白父亲为什么要把自己的坟埋在石门寨了——每到清明前后，都是郑佩云买蟹苗最忙的时候，这几年扫墓都是韩杰替她做的，她这亲生的女儿倒成了闲人，反而是香草在默默地替她尽着孝道！

转眼到了中秋节。郑佩云正坐在木床上想着心事呢，到黄山市赶场的香草这时拎着两大兜好东西回来了。为了叫这个远道来的妹妹过个好节，她竟花了500元，到黄山酒店里买了两只最大的大闸蟹。这两只大闸蟹身上绑着蟹草，蟹壳上贴的商标，竟是"奇福"牌的，看着熟悉的商标。郑佩云恨得直咬牙，香草在一旁劝解道："妹子，你就当这两只蟹，一个是韩杰，一个是唐笑，把他们放锅里，架火一起都煮了吧！"

郑佩云连声说好。香草见郑佩云要帮她烧火，她急忙说道："妹子，你是干大事的人，这种粗活可不用你！"说完，把她硬推到椅子里，随手把电视打开了，叫她看电视占眼睛。别看石门寨偏僻，

可是乡里给安了闭路电视，郑佩云用遥控器把电视调到了上海卫视，电视里正转播浦东工商局处理大闸蟹激素养殖的事情呢。

只见电视上，韩杰正捧着"信得过工商养殖企业"的铜匾乐呢。气的郑佩云一把扯下电线，要不是在石门寨，她一定会把这台电视机砸得粉碎的！

到了中午，香草做了一桌子的徽菜，可是她却在桌子上摆下了四副碗筷，郑佩云也不好意思细问，等了有十多分钟，也不见香草动筷子，就听大门外响起了一阵刹车的声音，令她没有想到的是——韩杰和唐笑一前一后走了进来。

看着这两个人亲热的样子，郑佩云就像被刀子狠狠地捅到了心脏上，更叫她没有想到的是，唐笑竟然张口管香草叫妈，郑佩云惊得呆住了！

郑佩云特立独行，只求利益，不顾信誉。郑燮把养殖场交给她的时候，就知道她早晚会出事，便暗中授意韩杰做了一份转移股票的委托书，然后自己签上了名字。是韩杰把唐笑安排到上海的，然后两个人又合演了一场戏，将急功近利的郑佩云从上海滩气走，郑佩云没有去处，最后才开车一直来到了黄山。

浦东工商局根据消费者举报，严查了养殖激素螃蟹的恶劣行为，十几家企业因为质量不合格，被淘汰出局，奇福大闸蟹真的成了浦东的第一品牌了。

这个唐笑竟是香草的亲闺女，她跑到郑佩云身边，亲亲热热地叫了一声——二姨！

韩杰把那份郑燮签字的股票委托书交给了郑佩云，郑佩云狠狠地瞪了丈夫一样，最后又"扑哧"一声——笑了。

奇福养殖公司的董事长还是韩杰做吧。郑燮的眼光绝对是正确的！如果用个比喻来说，她这个浦东的女强人其实就是一条捆蟹的草绳，绑在韩杰身上，她才能跟随韩杰这只"大闸蟹"一起卖个高价。"把螃蟹草卖成蟹价"也要经过信誉这座桥梁啊！

唐笑把桌子上的两只大闸蟹递到了郑佩云和韩杰的手里，蟹壳被打开后，满屋子都是诱人的蟹香啊！这一刻，才是郑佩云凤凰涅槃的一刻！

第二辑　不一样的精彩

鳄鱼走进超市来

张大能耐开起了一家真实惠超市，他为了把超市做大做强，便在超市的告示板上贴出了一张红纸，那上面写着"500元征集促销的好点子"。

小魏的促销点子是在超市的水产部卖鳄鱼肉，张大能耐听小魏说完，他兴奋得一拍桌子，叫道："卖鳄鱼肉，这确实是个好点子!"

要知道现在城市居民的生活水平不断提高，市民们无不追求食新，食异，超市里卖点大家没见过的东西，这真是一个经营的亮点，最后，这500块钱的点子费便被小魏赚去了。

张大能耐在水产批发市场认识一个姓孟的老板，他来到孟老板的水产批发部，可巧的是孟老板两口子都不在家。孟老板的媳妇今天一大早回娘家随礼，没有个两天三天不可能回来；孟老板则远到海南岛进冻鱼去了，这千里迢迢的，只能打电话联系了!

张大能耐拿出手机，他在电话里和孟老板一说想法，孟老板说道："我家的冰箱里还真冻着10斤鲜鳄鱼肉呢，你把这些鳄鱼肉拿去卖吧!"

张大能耐跟着批发部的售货员取来鳄鱼肉，他顺手还拿来了一个狰狞的鳄鱼头。卖鳄鱼肉，自然得拿鳄鱼头当幌子招揽顾客，不然谁知道他卖的是什么肉呀?

张大能耐给售货员留下了 5000 块钱，然后他拿着鳄鱼头和鳄鱼肉，就急匆匆地回到了真实惠超市。

真实惠超市里设有水产柜台，冰箱案板一应具备，可是卖水产的售货员莉莉看着这个狰狞的鳄鱼头，她吓得"妈呀"一声尖叫道："张老板，我可不敢卖这鳄鱼肉，您要非得叫我卖，我、我立马辞职！"

孟老板从外地进的货全都是去了皮的鳄鱼肉，鳄鱼皮都被皮件厂高价买走，做皮鞋皮具去了。卖这带骨头的鳄鱼肉，得用刀砍，莉莉一个小姑娘，确实没有这胆量，张大能耐将超市里的员工挨个过了一遍筛子，可是这些人都不堪重用，最后，张大能耐将腰一挺说道："看样子，我得亲自操刀上阵了！"

真实惠超市里面卖鳄鱼肉的消息一经传出，立刻在附近的居民区里引起了轰动，大家都说张大能耐想发财想疯了，800 块一斤的鳄鱼肉，哪个老百姓吃得起？

人们闹哄了一个上午，张大能耐的脑袋都被吵大了，可是他一斤鳄鱼肉都没卖出去。中午的时候，张大能耐腰上的手机响了，打电话的是小博士幼儿园的赵园长。

小博士幼儿园是本市最好的幼儿园，张大能耐的孙子已经到了入托的年龄，可是张大能耐求爷爷告奶奶，想进这家幼儿园，但最后都卡在了赵园长的身上。

赵园长今天给张大能耐打电话，是问他关于鳄鱼肉是否能治哮喘病的事，赵园长在电话里讲到最后，他压低了声音，说道："其实我手里还有一个入托的编外名额，这是给外经贸主任的孙女留的，可是人家调到省里当官去了……我老岳父就有哮喘的毛病呀！"

张大能耐一听赵园长的话口，他哪敢怠慢，急忙砍了一斤鳄鱼肉，亲自打车给赵园长送了过去。张大能耐刚把孙子入托的事确定下来，就接到小魏给他打的一个电话。听完小魏的电话，张大能耐吓了一跳，原来真实惠超市里来了一群执法人员，他们正检查张大能耐卖的鳄鱼肉呢。

张大能耐坐车赶到孟老板的店里，把鳄鱼人工养殖基地开出的合法销售证明借了出来，张大能耐回到超市，区工商局和市野生动物保护协会的工作人员看完证明，他们没词了。

可是检疫局的牛科长用手一指鳄鱼肉说道："张老板，你把这鳄鱼肉砍下一块来，我要拿回去做下检疫，现在霉菌、病毒满天飞，吃坏了市民的身体那可就麻烦了！

10斤鳄鱼肉一天卖下来，就这样没了2斤，2斤鳄鱼肉，那可是1000块钱的本钱呀！张大能耐虽说心痛得直咧嘴，他却一点儿办法也没有。

张大能耐第二天早早地就打开了超市的店门，可是一上午，他一两鳄鱼肉都没卖出去。他正低头瞧着鳄鱼肉时，就听有人叫道："鳄鱼肉？好东西呀！"

张大能耐一抬头，发现天龙酒店的老板侯瘤子站在水产柜台外，这小子两只黄眼珠子正叽里咕噜地瞧着鳄鱼肉呢。这个侯瘤子原来是个青皮混混出身，因为斗殴，把人砍成了重伤，最后蹲了七年大狱，他出狱后，也不知道是怎么鼓捣的，竟开了一家四星级酒店。

侯瘤子要买二斤鳄鱼肉，张大能耐哪敢怠慢，他急忙砍肉装袋。然后将装着鳄鱼肉的环保袋子交到了侯瘤子的手中，侯瘤子一龇牙说道："下班之前，派人到天龙酒店找我算账去！"

张大能耐本想说不赊账，可是看着侯瘤子嚣张的样子，他把嘴边的话又咽到了肚子里。下午2点的时候，张大能耐的手机又响了，打电话的还是侯瘤子，侯瘤子告诉他，今天下午4点，他要大摆两桌鳄鱼宴，请道上的哥儿们们猛撮一顿。

侯瘤子在电话里叫张大能耐再砍5斤鳄鱼肉给他送过去。张大

能耐没有办法，只得又砍了 5 斤鳄鱼肉，他刚离开柜台，还没等去给侯瘤子送鳄鱼肉，就听身后"妈呀"的一声惊叫，张大能耐回头一看，惊叫的是到超市买东西的吴婶，吴婶竟被狰狞的鳄鱼头吓得一屁股坐到了地上。

吴婶是超市的老顾客，张大能耐也知道她患有心脏病，他急忙把吴婶扶了起来，然后在吴婶的衣袋里摸出了速效救心丹，给她服了下去。

超市里乱成了一锅粥，侯瘤子还一个劲地打电话急催鳄鱼肉，张大能耐只好叫小魏把鳄鱼肉给侯瘤子送了过去！

过了一个多小时，吴婶才缓了一口气过来。吴婶嗔怪地说道："张老板，放着那么多种鱼不卖，你偏偏去卖鳄鱼肉，你想吓死我这个老婆子呀？"

张大能耐急忙连声道歉，他还没等把那个狰狞的鳄鱼脑袋塞到冰箱里，小魏就鼻青脸肿地回来了，那个该死的侯瘤子真不是个东西，天龙酒店里的厨子把红烧鳄鱼肉做好上桌后，他那帮狐朋狗友三下五除二地竟把鳄鱼肉吃了个精光，吃完鳄鱼肉之后，其中有一个小混混吧嗒了两下嘴，竟说这鳄鱼肉是假的。

小魏去找侯瘤子结账，侯瘤子却出手打了他。张大能耐气得跳脚直骂道："侯瘤子，你个小兔崽子，吃我的鳄鱼肉不给钱，老子到法院告你去！"

剩下的一斤鳄鱼肉张大能耐也不卖了，他找来当律师的小舅子，两个人就在家里把鳄鱼肉下锅炖了。张大能耐的小舅子把一份告侯瘤子的诉状写好，鳄鱼肉也炖熟了。

两个人拿起筷子一尝鳄鱼肉，都是"呸"地一声，把又腥又柴的鳄鱼肉吐到了桌子上。这东西也太难吃了。

两个人正面面相觑呢，就听防盗门的门铃响了，张大能耐从门镜往外一看，竟是孟老板一脸急色地站在了门口。孟老板昨天晚上才从海南岛坐飞机回来，他刚到家，就找张大能耐来了。

张大能耐刚打开防盗门，孟老板就伸手一把抓住了他的胳膊，说道："错了，错了！"

张大能耐从孟老板的冰箱里拿出来的根本就不是鳄鱼肉，装在冰箱里的鳄鱼肉在几天前，已经叫孟老板的媳妇给卖掉了。

张大能耐惊讶地道："那我拿回来的是什么肉？"

那是孟老板在渤海渔场买来的海猪肉。海猪肉味道太差，当地渔民抓到了海猪，都用这海猪肉喂狗，孟老板的儿子小孟养了一条牧羊犬，小孟听说海猪肉对狗眼睛有好处，小孟便叫孟老板给他带回来了 10 斤，谁曾想这海猪肉竟被张大能耐当鳄鱼肉给卖了！……

张大能耐听孟老板说完，他的胃里一个劲地翻腾……

孟老板给张大能耐送回来 5000 块钱，那个鳄鱼头也被孟老板到超市取走了。月底的时候，超市的会计一算这个月的营业额，竟比上个月多卖了 3000 块。自从超市里卖鳄鱼肉，有不少市民为了看新鲜，特意来到了超市，他们看完了鳄鱼肉后，就随手买走了不少生活用品。多卖 3000 块，利润正好是 480 块，可这笔钱比给小魏的点子费还差 20 元。

小魏当天下午得意洋洋地来到张大能耐的办公室，说道："这卖鳄鱼肉对超市果然有好处呀！"

张大能耐眼睛一瞪，叫道："打住，以后少在我面前说鳄鱼这两个字。对了，上班时间，你私自脱岗，罚你 20，赶快掏钱！"

神奇的广告牌

张小帅在南宁大学念的是广告专业。大学刚毕业，还没等联系好实习单位，他母亲就病倒了，他急匆匆地赶回了天水市，一边照顾母亲，一边找了个小广告公司打工。张小帅打工的新天利广告公司算他一共才三个人，老板名叫周鱼，业务部经理是谭燕。这谭燕长得可好看了，特像日本明星酒井法子，她是中专刚毕业，正和离婚不久的周鱼谈恋爱呢。

张小帅的月薪只有两千。等到月底该发薪水时，周鱼把张小帅拉到办公室，苦着脸对他说道："小帅啊，你再等一个月吧，这个月公司运转不灵，资金真是太紧了！"张小帅咬着牙坚持了三个月，工资还是没开下来，张小帅顶着一脑门的邪火，他冲着周鱼一拍桌子喊道："结账，我不干了！"

谭燕怕两个人打起来，急忙劝架。逼到最后，周鱼说道："明天兴达地产要和我签一笔广告合同，等这笔广告款下来，我一定全额给你开工资！"

可是兴达那笔广告款刚一到银行，立刻就被七八家装潢公司扣走了。因为周鱼欠人家的广告材料费啊。

兴达地产一见周鱼竟在玩空手套白狼，便把他告上了法庭，天利广告公司的房子和设备就都顶了人家的广告款。周鱼垂头丧气地找到两个下属，将没法给两个人兑现工资的情况一说，气得张小帅举拳就要揍他。谭燕急忙拉架，周鱼怕挨打，只好把广告公司最后剩下的两块广告牌分给他们当了工资。然后他自己偷着上了火车，到广州发展去了。

　　那两个空白的广告牌就竖在市中心转盘最显眼的地方。因为周鱼要价过高，租用一块广告牌的年费是两万，所以到现在也没租出去。

　　这个周鱼也太可恨了，欺骗了谭燕的感情不说，连招呼都不打一个就跑了。谭燕气得坐在那两块广告牌底下直抹眼泪，张小帅从包里急忙摸出了几张纸巾递给了她。

　　谭燕用纸巾擦去眼泪，眼睛通红地问道："小帅，你说我们该怎么办？"

　　张小帅挠挠脑袋说道："只有一个办法了，那就是尽快把这两块广告牌租出去！"谭燕听完，叹了口气，她为了这两块广告牌的事可没少跑，要是有客户，周鱼还不早就把它们租出去了？

　　张小帅皱着眉头，围着广告牌转了一圈，一拍脑袋说道："有办法了！"他先到路边的油漆店卖了一罐红油漆，又借来了个梯子，他用油漆刷子在广告牌的正中写下了一行大字——本广告位客户众多，决定提价，一年8万元！

　　看这张小帅写完，谭燕差点没气乐了，两万元都租不出去，还要8万元，简直就是开玩笑嘛！

　　张小帅在八万元的旁边，写上了谭燕的手机号。张小帅下了梯子，在另一块广告牌的顶端写上——减价广告牌，疯狂大减价，然后在正中心的位置上，写上了另一行字——本广告位没有客户，决定一减到底，抄底2000元！底下张小帅写上了自己的手机号。

　　谭燕看完，气得几乎跳了起来，他指着张小帅的鼻子骂道：

"男人真的没一个好东西，你这是怕自己的广告牌租不出去，故意把我的价位抬高了啊！"

张小帅连连摆手，凑到谭燕的耳边和她一嘀咕，谭燕听完也愣住了，说道："你这办法能行吗？"

张小帅满怀信心地说道："行！"

三天后，谭燕那块广告牌的价码被张小帅改到了28万，张小帅自己那块广告牌的价位却降到了1000！天水市的市民每天都会见到这两块广告牌，这价格一升一降原本就透着古怪，人们上班路过时都会忍不住地往上面扫一眼。

人们惊奇地发现，那两张广告牌上的价位几乎每天都在变。没用半个月，一个广告牌升到了88万，另一个却降到了800！同样的地段，同样的广告牌，价格怎么差得这么悬殊？当地的晚报和电视台的记者也觉得不可思议，打通了广告牌子上的电话，分别采访了两个人。

经过电视和报纸的炒作，人们更关心这两块神奇的广告牌了。又过了十几天，兴达地产就相中了那块88万的广告牌，巨幅的售楼广告悬挂到了上面。

谭燕的广告牌首先租了出去。到了晚上，谭燕兴奋地摸出手机，她非得请张小帅到情人岛喝咖啡去不可。

咖啡厅中音乐轻柔，谭燕从手包里拿出一个信封，里面是3万元现金。兴达地产是用6万元租下了她那块广告牌一年的使用权，张小帅涨价的目的就是想吸引市民的眼球，兴达花了6万，做了88万的广告，两家都很满意啊！

张小帅把那3万元又推给了谭燕，说道："只求谭大小姐别再骂我不是东西就行了！"

谭燕不好意思地端起了紫色的咖啡杯，关心地问道："可你那块低价的广告牌怎么往外出租啊?"

张小帅眨眨眼睛,说道:"要不是等你,我那块广告牌早就租出去了,不信明天你到广场那里去瞧!"

第二天一大早,一脸怀疑的谭燕就来到了广场,张小帅领着几个喷漆的工人干得正欢呢,广告牌被喷成了黄色,广告牌最上角还是写着那十个字——减价广告牌,疯狂大减价!牌子中间广告的内容竟是百货大楼打折促销的消息。

可这一年 800 元,张小帅哪里有得赚啊!张小帅写完了广告,拍了拍手说道:"谁说我一年 800 元?我是一天 800 元!"别看天水市不大,可是打折减价的地方可不少。哪家商场也不能总减价啊,为了促销,搞活动也就是几天的时间,可是天水市却没有一家做短期广告的公司。在妇孺皆知的减价广告牌上做短期的打折广告,还真是个绝妙的点子啊!

谭燕一听也愣了,一天 800,这一年下来得多少钱啊?张小帅的减价广告三两天就换内容,天水市的市民谁要想买打折的商品,到张小帅的广告牌前一看就清楚了。

谭燕这天看着张小帅换完广告牌的内容,她"砰"地打了张小帅一拳,嚷道:"我总觉着我的广告牌被你利用了,现在一看,还真是这么一回事!"

张小帅笑着一退,正撞到身后瘸了一条腿的乞丐身上。还没等张小帅把那个乞丐扶起来,谭燕惊叫道:"周鱼,是你吗?"

这个披头散发的乞丐真的是周鱼。周鱼并不是没钱,他利用破产把自己经营不善的广告公司抵给兴达物业,然后来了个金蝉脱壳,拿着钱到广州开了另一家广告公司,没干三个月,就被合伙人把钱全都骗走了,还被债主打折了一条腿。他这是一路讨饭从广州回的天水。

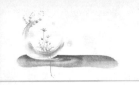

　　周鱼回到了天水，满耳朵都是这两块神奇广告牌的消息。他做梦都不会想到，被他当成鸡肋的广告牌竟被张小帅做得这样风生水起啊！

　　一脸愧色的周鱼，刚要挣脱张小帅的手逃跑，可是瘸了的那条腿不争气，一脚踩到了西瓜皮上，他"扑通"一声，摔了个狗啃屎，看他满口是血的狼狈样子，张小帅把捏紧的拳头又松开了。

　　周鱼从地上爬了起来，一个劲地向张小帅和谭燕道歉。谭燕看着周鱼可怜的样子，从衣兜里摸出了200块钱，塞到了周鱼的手里，周鱼感动得鼻涕一把泪一把，就差给两个人跪下了。张小帅想了想说道："有个活给你，你干不干？"

　　周鱼一听，愣住了，就他这个人不人、鬼不鬼的模样，周小帅竟然还相信自己？看着周鱼发愣的样子，张小帅指着那两块广告牌一说，周鱼才明白了过来，原来张小帅是要他维护这两块广告牌啊。周鱼可是画广告画的高手啊。虽然他瘸了一条腿，可是踩梯子画画还不成问题。

　　张小帅利用余下的时间，加紧联系打折减价的客户，一年后，张小帅在自己那块广告牌上赚了20多万，他母亲的病也治好了，他把广告牌又无偿地还给了周鱼，然后拉着谭燕的手，非要和她到广州去发展不可。

　　周鱼白得了两块广告牌，就有了东山再起的本钱，他把两个人送上了火车。火车开动，周鱼还依依不舍地望着谭燕和张小帅招手呢，张小帅忍不住笑出了声。谭燕问道："你笑啥？"

　　张小帅说道："我笑我自己！"

　　谭燕白了他一眼，说道："我不明白你为啥要把那两块广告牌白白送给周鱼？"

张小帅眨了眨眼睛，说道："因为他也白送给我一件宝贝啊！"

谭燕仔细一琢磨，这才明白了过来，她抡起拳头，将拳头狠狠地砸到了张小帅的胸口上，张小帅顺势一把将谭燕搂在了怀里！

他们俩的心贴得很近，"通通通"跳的都是同一个声音。

温暖人心的灯火

眼看就要到农历的新年了，周老三还在滨海市牛强开的乐翻天玩具厂里打工。乐翻天玩具厂生产的玩具都是出口美国的，可是因为美国的经济不景气，七八家销售乐翻天玩具厂玩具的经销商都关门跑路了，他们拖欠牛强的货款自然都成了死账！

乐翻天玩具厂资不抵债，一下子就到了破产的地步。本地的原材料供货商都坐在乐翻天玩具厂里不走，找牛强索要货款。牛强内忧外困，他闷头喝下一瓶高度的红星二锅头，然后一头从 8 楼阳台上跳了下去自杀了。

老板娘侯九妹把玩具厂低价卖了出去，算是勉强把原材料供应商们的货款还上。乐翻天玩具厂一倒闭，可就苦了周老三这帮干了一年一分钱没拿到手的工人们。

侯九妹面对群情激愤的讨薪工人，吓得也有点六神无主，她找来在厂子里当电工的弟弟侯秃子，两个人一商量，只得把玩具厂仓库里的出口玩具当工资分给了工人。

周老三一年 1 万多的工资，就变成了编织袋子里 100 多个出口的玩具。周老三想哭，可是没有眼泪，他凄惨地背着袋子里的玩具，到火车站买了一张直达满洲里的车票，登上火车后，直奔老家黑龙江而去！

周老三的家住在满洲里兰西县的小德营子村，他的父母早在他十几岁的时候就去世了。等他 30 岁的时候，好不容易讨来了个老婆，可是那个婆娘嫌他穷，两年前就跟他离了婚，进城寻找自己的幸福生活去了。想起自己那个青灰冷灶、冰疙瘩一样的家，周老三就浑身打哆嗦，可除了自己的那个小狗窝，他还能去哪儿呢？

火车走了一天一夜，到了满洲里站，天色阴沉沉的。周老三下火车上了长途汽车，汽车直奔 300 里外的兰西县。汽车开得比蜗牛爬的都慢，听着外面呼呼的风声，迷迷糊糊的周老三揉揉眼睛，被冻醒了过来。车窗外正下着鹅毛大雪，雪花纷纷扬扬，天地一片雪白。

周老三低声骂了一句鬼天气，然后从旅行袋子里摸出了一个大面包，还没等咬上两口，就听"吱嘎"的一声刹车，汽车猛地停住了。

原来汽车要经过一段山沟，这场特大的暴雪已经把山沟填满，前面已经没有路了！

车厢里响起了一片埋怨和咒骂的声音，可是看手机上的天气预报，最近一两天之内，这场暴雪也不见得能停啊。随着车厢内的温度越来越低，周老三也是冷得直往手上哈气。

路上的积雪都已经有半尺厚了，汽车再想原路返回已经是不大可能了。司机看见路旁不远处的岔路口有个不大的小镇子，他征得大家的同意后，司机一打方向盘，把汽车开到了小镇子里。等汽车刚刚在镇子里停稳，周老三背着他那一大袋子玩具，第一个跳到了一尺深的雪里。

这个小镇子并不大，周老三先在镇里找了一家面铺，等他吃过一碗热汤面，手脚才算暖和了过来。他一打听才知道，这镇子名叫盛林镇，镇里的几家旅店都在镇中心市场的旁边呢。

周老三扛着自己那袋子玩具，来到了镇中心市场，别看外面下着雪，市场里卖大红对子和年货的买卖却分外红火。

周老三转了几圈，最后，他来到了一个卖玩具的小摊前，将袋

子口打开，对着正准备收摊回家的小老板说道："哥打工的厂子黄了，这些玩具就是他们给我发的工资，你要是能卖，给我俩钱，这些玩具就归你！"

小老板挠了挠头皮，为难地道："大哥你都够不容易的了，我再低价收你的玩具，你说我成啥人了！"那个小老板还真的挺仗义，他收摊回家，竟将自己的摊位借给了周老三。

周老三忍不住地连声道谢，一百多个出口的玩具，被他定价10元一个，周老三还没招呼几声，摊前就围上了不少人，半个小时后，他那一袋子玩具，竟卖了1000多块钱。最后摊子上只有一个掉了轮胎的电动小汽车还没有买主。

买到玩具的人们纷纷散去，摊子前只剩下了一个十多岁的瘦小男孩。这个头发乱乱的小男孩始终帮他照顾着生意，周老三也有点过意不去，他将那个坏了的小汽车往那男孩手中一塞，说道："谢谢帮忙，这个给你吧！"

那个小男孩接过小汽车，眼睛里闪过一抹异样的光彩，趁着周老三一低头，他两只手抱起小汽车，一溜烟地直向市场外跑了出去。周老三拿起编制袋子，一摸装钱的衣兜，他只觉得脑袋"嗡"地一声，原来他衣兜里的钱不见了！

看着小男孩在市场外雪地里奔跑的身影，周老三恍然大悟，这个假装给他帮忙的小子一定是个小扒手啊！周老三丢掉编制袋子，大喝一声："站住！"几个箭步就冲出了市场。市场外面是呼呼的风雪。

那个男孩别看瘦小，可是跑得却不慢，周老三气喘吁吁地追了半天，一直把小男孩追到了镇东，眼前是一片低矮的棚户区，看着那个小扒手东钻西转，最后"吱溜"一声，钻进了一个小院子。

周老三一边喘气，一边跑了过去。破旧的木门已经被小扒手在里面闩死了，周老三狠命地砸了几下木门，吼道："开门！快开门！"

随着周老三的吼叫声，就听屋内有个老太太在喊："谁啊？毛头，开门去啊！"

可是那个叫毛头的小扒手哪敢给周老三开门啊，屋里的老太太见喊不动孙子，拄着拐杖摸索着下地，等她站在院子的雪地上打开门闩，周老三猛地一推门，老太太"咕咚"一声，被门扇撞倒在雪地上。

毛头隔着门缝，一见奶奶被撞倒了，他像小老虎似的从门里扑了出来，对着周老三连踢再打，口中叫道："叫你推我奶奶！叫你推我奶奶！"

老太太被周老三从雪地里扶了起来，她翻着白果似的眼睛，叫道："毛头，快给我住手！"

原来这个老太太竟是个瞎子。周老三用手指着毛头的鼻子，吼道："你这个小扒手，快说，你把我的1000多块钱藏哪去了？"

毛头把脖子一梗梗，叫道："我没偷你的钱，谁看见我偷你的钱了！"

老太太一听说毛头偷钱，被人追到了家里，她颤巍巍地举起了手里的拐棍，正要朝毛头的身上打去，毛头吓得一挑门帘子，兔子似的钻到了屋里。

老太太一把拉住周老三的手，连声央求道："毛头他爹今年开春到南方打工被火烧死了，毛头就成了野孩子，他偷你多少钱，我会一分不少地还你，求你千万不要报警抓他啊！"

看着老太太竟要在雪地上给自己下跪，周老三急忙把老太太扶住，说道："只要把钱找回来，我一定不报警！"

周老三扶着瞎老太太进屋，老太太一把抓住躲在门后的毛头，连问那笔钱的下落。周老三用眼睛在简陋的屋子里一扫，就像一个雷打在脑袋上，他当时就愣住了，只见火炕的对面摆着两只看不出

颜色的木箱子，箱子上放着一张镶着黑框的遗像，这张遗像不就是自己的工友赵春余吗！

赵春余和周老三在乐翻天玩具厂打工的时候，还在一个车间里干活呢。因为两个人长得像，还经常被人误认为是亲兄弟呢。记得赵春余出事那天是个下午，赵春余那台玩具拼接机有点不好用，他就喊来喝得醉醺醺的电工侯秃子，侯秃子鼓捣了几下后说好了，赵春余一按启动开关，只听"呼"地一声，电机着火了，这个该死的侯秃子竟把电机上的电线接短路了！

救火的赵春余竟被活活烧死在车间里，牛强把周老三找到办公室，硬塞给了他1000元的封口费，并威胁他，如果他说出赵春余是死于电机事故，他就不给周老三开今年的工资！

周老三拿着这烫手的1000元回到了宿舍，就一头病倒了。牛强报了一个假案，把失火的责任都推给了赵春余，诬陷他违章吸烟，烟头把车间的机油引燃了……听着赵春余的老婆来厂里领尸的哭声，周老三的心都要碎了！

瞎老太太挥动巴掌，打在毛头的身上"啪啪"地响，周老三正要阻拦，就听房门"咣"地一声被撞开，从门外冲进来一个披头散发的女人，这女人将身上背的编织口袋丢到地上，她伸出双手抱住了连哭带叫的毛头。

瞎老太太气得呼呼直喘，她指着毛头对那个女人说道："书芬，你赶快管管毛头吧，他竟把这个大兄弟的钱给偷家里来了！"

那个叫书芬的女人一转头看到了身材魁梧的周老三，她一把放开了毛头，伸手抓住了周老三的胳膊，惊喜地叫道："春余，你回来了？你终于回来了！"

周老三和赵春余都是东北的汉子，国字脸，络腮胡子，长得非常像。赵春余被火烧死后，书芬的精神受了刺激，已经变得疯疯癫癫的了。

周老三一听书芬错把自己认成了赵春余，他急忙解释道："我不是赵春余啊，我是他的工友，叫周老三！"

瞎老太太一听周老三三个字，她用手一拍大腿，惊喜地说道："春余往家里写信时，经常提起你——在他打工的厂子里有一个比亲弟弟还要亲的弟弟，名叫周老三，不用说，那一定是你了！"

周老三听老太太说完，只觉得喉头哽咽，还没等他说话，就见书芬哭叫道："我知道你为啥不认我们娘俩了，你是怨我没把这个家、没把你儿子照顾好是吗？"

周老三冲着书芬连连摆手，说道："不是，真的不是！"

书芬一把将毛头拉了过来，她一边伸手在毛头的衣兜里乱翻，一边叫道："毛头是个乖孩子，他怎么能去偷钱呢！"书芬翻着翻着，一叠钱"哗"地一声从毛头的内兜里掉到了地上。

毛头一见偷的钱被翻了出来，吓得脸煞白，他已经说不出话来了。

书芬"啪"地一声，抬手给了毛头一个大耳光，她声嘶力竭地叫道："快说，这钱是不是你偷来的？"

周老三一俯身，把惊慌失措的毛头抱在了怀里，他瓮声瓮气地说道："这钱是乐翻天玩具厂发的年终奖啊，年终奖也有春余大哥的一份，厂里委托我给你们送过来，这笔钱本来就是你们的啊！"

瞎老太太听完，怀疑地问道："孩子，你不是在骗我们孤儿寡母吧？"

周老三说道："我说的都是真的，怎么会骗您呢！"

书芬一听这笔钱就是年终奖，她欢喜地把这笔钱数了好几遍，然后把钱交给了瞎老太太，转头对周老三温情地说道："春余，你上炕暖和一下，我给你包饺子去！"

书芬把地上那只编制袋子里的东西"呼啦"一声倒到了地上，里面竟是她到菜市场捡来的白菜叶子！看着这一袋子喂鸡鸡都不吃

的白菜叶子，周老三鼻子一酸，急忙把怀里的毛头放到了炕上，然后俯身把那冻得硬硬的菜叶子都捡到了袋子里。他真不敢想象，这娘儿仨过的是什么日子啊！

瞎老太太听到周老三捡菜叶的声音，叹了口气说道："孩子，不怕你笑话，自打你春余哥死后，要不是镇政府给我们送米送面，再加上疯疯癫癫的书芬出去捡菜叶子，我们娘儿仨恐怕早就……"

周老三把菜叶子捡完，他抹去了脸上的泪水，"扑通"一声跪在了瞎老太太的面前，说道："在厂子里打工的时候，人都说我和春余像是兄弟，可是我对不起春余大哥啊！"

周老三把自己没有替被诬陷的赵春余作证的经过一说。瞎老太太也愣住了，她哆哆嗦嗦地问道："孩子，你说的都是真的?"

周老三一把抱住老太太的大腿，痛哭流涕地说道："真的，都是真的，您拿棍子打我一顿吧，这样我心里才能好受一些!"

瞎老太太摇了摇头，叹了口气，说道："傻孩子，就是那个黑心的厂长赔给我们一大笔钱，你春余大哥也不能复生啊，再说厂子黄了，那个黑心的厂长也自杀了，我们还能埋怨什么呢? 我们的日子还要继续往前过啊，谁对谁错，别看我老太太眼睛瞎，可是心里明白着呢。傻孩子，你快起来，这事不能怪你啊!"

周老三跪在地上，对瞎老太太哭诉道："您原谅了我，您真的原谅了我?"

看着瞎老太太点头，周老三"咣"地一个响头磕到了地下，他激动地说道："如今春余大哥不在了，我也没有娘，您就认下我这个儿子吧，以后我就是您的亲儿子，只要有我一口干的，就绝对不叫您们娘儿仨喝稀的!"

瞎老太太一听周老三要认自己当娘，他连连摇手，对周老三说道："傻孩子，不行啊，你认了我这个瞎娘不纯属是自己找罪受吗?"

周老三边抹眼泪边道："人都说没娘的孩子才是最苦的，我十几岁就没了爹娘，您能认我这个儿子，我高兴还来不及呢！"周老三仰头喊了一声"娘——"乐得瞎老太太嘴都合不拢了。

周老三一把将毛头抱在了怀里说道："我领着毛头买年货去，今天晚上，我们吃顿像样的饺子！"

当周老三走出院门的时候，大雪不知道什么时候已经停了，毛头窝在周老三的怀里，他试探地伸手摸着周老三硬硬的胡子茬，然后小心地问道："我，我应该叫你啥？"

周老三笑道："随便！"

毛头忽然大声喊："爹——"

周老三先是一愣，接着他高兴得一蹦，叫道："你喊啥？喊我爹？哈哈，我有儿子了！哈哈！"

镇子里忽然响起了"噼噼啪啪"的鞭炮声，真的快要过年了，再回头，周老三发现毛头的家，不，那也是他自己的家，亮起了一盏橘黄色的灯，那是一盏温暖人心的灯火啊！

我到美国种荸荠

　　杨宁跟随哥哥移民美国绝对是个错误。他在中国就是个土里刨食的农民，到了美国，他都不知道自己能干啥了。

　　杨宁的哥哥名叫杨清，杨清的英文名字叫道恩——他取的是中国龙（dragon）首尾两个字母的谐音。杨清是华尔街格斯投资公司主管欧洲的副总经理，光年薪就有300万，不光在华盛顿的富人区里有一处两百多平米的跃层，在纽约的郊区还有一座橡树园别墅呢。杨宁每天吃闲饭，自己的哥哥倒还好说，在保险公司上班的美国嫂子琼斯可有些不乐意了。

　　杨宁毕竟是20多岁的大小伙子啊，每天就这样牧师似的呆在家里也不是个事啊。杨宁就央求哥哥给自己找个工作，杨宁虽有绿卡，可是没有文凭啊，找的工作也就是扫地洗盘子这样的粗活，脏和累杨宁倒不怕，可是语言不通最令他苦恼，两样工作没干几天，杨宁就叫雇主给炒了鱿鱼。

　　杨宁垂头丧气地回到了家里，杨清正用电脑给客户发送邮件呢，一问情况，他拍着弟弟的肩膀，指着桌上他在纽约乡间那座漂亮的橡树庄园的照片说道："老乔治是那里的管家，你就到他那儿住几个月去吧，也许那个靠近自然的环境更适合你！"

　　杨宁来到唐人街，坐上中国人经营的大巴士，5个小时后，就到了纽约。当杨宁坐着出租车来到了位于唐纳郡橡树庄园的时候，从路边的老橡树底下窜出了一大一小两只河狸鼠来。大河狸鼠能有半米长，拖着圆滚滚的身子，望了惊奇的杨宁一眼，领着幼鼠不慌不忙地从路上走过，又从容地跳到了对面的水沟中。

老乔治一家3口人，老伴南希，儿子约翰森，住在占地30多亩的橡树庄园里，每年自种自食日子还过得去。

老乔治懂得中文，和杨宁在语言沟通上不成问题。杨宁向老乔治一打听那不怕人的河狸鼠，才知道在橡树庄园旁有一亩多的水田，十几只河狸鼠就生活在那里。杨宁搬到橡树庄园后，每天帮老乔治干点农活，这日子过得好不惬意。

这天杨宁正午睡呢，忽然门口传来了一阵刹车的声音，来的竟是纽约一家中国餐馆的老板，他是到这里收购鲜荸荠来了。

橡树庄园那一亩多的水田里生长着不少荸荠，每到8月中旬，纽约几家中式餐馆的老板都会登门抢着收购的。杨宁一问荸荠的价格，竟比他在福州老家的价格贵了十几倍。

要知道橡树庄园里有十几亩洼地，那里也种不了农作物，真要在那里大面积种上荸荠，如果按每亩3000磅的产量算下来，那一亩水田可就是3万多美元的收入啊。算一下十几亩水田的效益，那岂不是发财了？

杨宁一算账，老乔治也心动了，卖了半亩水田的荸荠后，剩下半亩的荸荠说啥也不卖了，说起出来明年当种子吧。杨宁又给哥哥打了个电话，朝他借了5万美元，叫钻井公司在洼地的旁边钻了一眼深井。

这唐纳郡和中国福州的土壤墒情也差不了多少，他在老家的时候，可是种荸荠的一把好手啊。他就不信在橡树庄园种不出荸荠来。

纽约的冬季转眼就过去了，听着蓝嘴鹊在老橡树顶发出欢快的叫声，杨宁就开始培育荸荠苗了。他先把荸荠盖上草帘子，然后洒水湿润，半个多月后，荸荠的顶上就长出了绿油油的小芽了。杨宁领着老乔治一家，把出芽的荸荠都种到了那十几亩肥沃的水田中。

望着水田中荸荠的叶茎一天天地长大，杨宁心里也很是高兴。可是那亩水田里的河狸鼠们一见水地增多了，也一下子兴奋了起来，先是那大大小小的十几只河狸鼠到水田里闹腾，闹腾到最后，附近几里地内，在水坑中散居的河狸鼠们也都凑了过来，把杨宁的荸荠田当成了打闹的游戏场。

杨宁在老家种荸荠的时候，也受过河狸鼠的欺负，可是在福州好办啊，买来几包三步倒，倒到水田边就啥都解决了。杨宁刚把毒死河狸鼠的想法一说，老乔治却连连摆手，说道："亲爱的杨，你在唐纳郡是绝对买不到毒鼠药的，不仅买不到毒鼠药，郡里还有一个专门爱护动物的协会，要是听说你要毒杀河狸鼠，他们就会立刻上门找你麻烦的！"

这是什么狗屁协会啊，只许河狸鼠吃杨宁的荸荠，却不许杨宁毒杀他们。杨宁看着在水田里恣意破坏，在水底下使劲挖洞的河狸鼠心里这个气啊，他咬咬牙，坐车到伦敦的宠物市场，买回来了两条凶恶的斗牛犬。

嗷嗷叫的斗牛犬买了回来，刚开始还惧怕那丑陋的河狸鼠，经过杨宁的训练，没用半个月，它们就不再惧怕那河狸鼠了。把溜上岸的河狸鼠都撵得下饺子似的跳到了水田里。

杨宁一见有效，更是加大了训练的力度，叫两只斗牛犬下水田去抓河狸鼠。别看河狸鼠可以生活在水底下的土洞里，可它们也不能一天到晚不露头啊。往往河狸鼠一露头，就被好战的斗牛犬咬得遍体鳞伤，有不少外来的河狸鼠敌不过凶猛的斗牛犬，拖儿带女地就搬家了。

杨宁取得了荸荠保卫战的初步胜利，可还没等他率领斗牛犬继续扩大战果，向那些死也不肯撤离的土著河狸鼠们发动最后的攻击，唐纳郡里来人了——动物保护协会的爱丽丝会长带领着 20 多个志愿者来到了橡树庄园，杨宁放狗咬河狸鼠的消息，也不知道他们是怎么听说的。爱丽丝举着标语抗议杨宁来了。

老乔治一个劲地向爱丽丝会长解释，可爱丽丝就是不依不饶，气得杨宁拉着两条嗷嗷叫的斗牛犬冲了出来。他冲 60 多岁的爱丽丝会长怪叫道："斗牛犬是我养的不假，河狸鼠住在橡树庄园也不错，可是两种动物斗起来了，你能把责任都推给我吗？"

老乔治给爱丽丝一翻译，爱丽丝听完，一边说英语，一边对杨宁打手势，她那意思是叫他用铁链把两条斗牛犬拴起来。

杨宁一听更来气了，按照他们动物保护协会的说法，动物也有自由，把斗牛犬拴起来岂不是妨碍了这两只狗的自由了吗？爱丽丝听完也是直挠脑袋。真要是人虐待动物，他们有解决的办法，可是为了河狸鼠，还真的不能妨碍斗牛犬的自由啊。这事还真的不好办啊。

爱丽丝先和动物保护协会的工作人员商量，接着又和杨宁研究了好半天，最后也没弄出个眉目来。爱丽丝愁得围着水田转了好几圈，一拍脑门，想出了个主意。她叫杨宁买些木料，做个围栏，把水田全部围起来，这样斗牛犬和河狸鼠就各不相扰了。

杨宁掰着手指头一算那木栅栏的费用，那可不是一笔小数目啊。他眼珠一转，假装答应了爱丽丝的请求。第二天一大早，他就开着老乔治客货两用的道尔车，来到了唐纳郡的木材加工厂，买来

了一百多根废弃的木料，将它们拉回了橡树庄园。

等他回到庄园，爱丽丝怕他敷衍，带着十几个志愿者，正在水田边等着他呢。把水田全部圈起来，这点废木料哪里够啊？杨宁这是以退为进，在跟爱丽丝打麻雀战呢，就这样，杨宁不是今天没了钉子，就是明天少了木料，转眼两个多月过去了，用来围住水田的栅栏也没有修成。

眼看着水田里的河狸鼠被斗牛犬追杀得越来越少，杨宁搂着老橡树，真想兴奋地跳一段华尔兹啊。可是还没等他高兴到头，爱丽丝带领着志愿者，拉了一大卡车的废木料来到了橡树庄园。这些废弃的木料都是一个爱动物的人士捐给他们的。

望着20多个志愿者在水田旁立起的木栅栏，杨宁感觉就像是到了世界末日。结实漂亮的木栅栏终于建成了，爱丽丝也算长出了一口气。她怕自己走后，杨宁会继续放狗咬那些可怜的河狸鼠，她就安排好了工作人员，经常来抽查他。

杨宁领教过了唐纳郡动物保护协会的厉害，他真的不敢放狗进木栅栏咬那帮可恶的"盗荸荠贼"了。幸好现在的时间已经到了7月底，离采收荸荠的时间只剩下半个月了。杨宁每天望着在荸荠田里出没的河狸鼠，恨得咬牙切齿，可是他又有什么办法呢。

时间终于一天天地熬过去了，转眼到了8月中旬，杨宁领着老乔治一家人开始采收荸荠了。可是一挖荸荠，杨宁就傻眼了：这十几亩水田里都是黏黏的老黑土，荸荠在黏土里长得奇形怪状，不知道的，绝对看不出他种的是荸荠啊。

这样畸形的荸荠别说是卖，就是送给挑剔的美国人，他们也不会吃的啊。杨宁这半年的努力失败了。气得他在水田旁边闷坐了半宿，头发也不知道被自己扯下了多少。第二天早上，杨宁垂头丧气地给哥哥打了个电话，杨清听完弟弟这几个月在橡树庄园当农夫的经历后呵呵大笑，他给杨宁联系了一家补习英语的学校，杨宁就这样又回到了华盛顿。

杨宁恶补了半年的英语，和美国人简单沟通已经不成问题了，学完英语，幸运之神终于向他微笑了，一家培训中文的学校决定临时聘用他当汉语老师。半年的试用期转眼就满了，杨宁因为工作努力，就转为这家汉语培训中心的正式老师了。

这天正是周末，杨宁工作的培训中心的对面新开了家中国餐馆，他正要掏出手机给哥哥打电话，叫他把自己那个美国的嫂子琼斯也叫来，大家聚一聚。没想到手机却忽然响了，一接电话，里面竟是老乔治激动的声音。老乔治在电话里告诉他，橡树庄园那十亩水田种的荸荠今年大丰收了，老乔治一家人都想邀请他回去看一看呢。

荸荠大丰收了，这怎么可能？杨宁满腹怀疑，开着自己新买的二手福特车又回到橡树庄园。老乔治一家正欢天喜地地挖荸荠呢，今年挖出的荸荠不仅个大，而且型正，紫黑的外皮，在太阳底下闪闪发光。这是怎么一回事啊？一问老乔治，老乔治先在胸口画了个十字，然后用手一指在水田里乱窜的河狸鼠道："都是托它们的功劳啊！"

原来那水田里的黏土虽然肥沃，可是因为黏性太大，荸荠在黏土里难于生长，可是有河狸鼠在土里打洞，那荸荠就都长到了河狸鼠挖出的泥洞里。河狸鼠拿荸荠当口粮吃，糟蹋的毕竟只是一小部分，今年这荸荠终于大丰收了，这十几亩水田竟收了 3 万多磅最上等的荸荠。

3 万多磅的荸荠被纽约的几十家菜馆老板一抢而空。这堆荸荠

一共卖了40万美元，老乔治非得分给杨宁一半不可。杨宁没办法，他拿着那20万美元的支票回到了华盛顿，通过邮局，他把这笔钱给纽约的爱丽丝会长全部寄了过去。

杨宁通过这次在橡树庄园种荸荠的奇特经历，他明白了两个道理，一个简单，一个复杂。简单的就是要和动物和睦相处，复杂的那个就是他这个"外国荸荠"要扎根美国这片土地，就必须找到属于自己那条能通向成功之路的"鼠洞"啊！

一双白玉手

曲横幽是个孤儿，自幼被白鹭山百姝山庄的百姝夫人收养。和曲横幽一同上山的是一个瘦弱的小姑娘，叫黄霓裳。十多年的时间，曲横幽专修音律，将一支翠玉笛吹得出神入化；黄霓裳专练舞蹈，伴着笛声翩翩起舞的时候，天上的白鹤都会飞下来驻足观看。

这百姝山庄就是靠着广收天下男女弃婴，修气质，晓礼仪，培养成人后转手赚钱的。百姝山庄训练的女孩子大都嫁入名门大派，男孩子也多被招赘到官宦世家，所以百姝山庄一年四季婚媒不断。

黄霓裳 18 岁这一年，武林盟主霜月明接受百姝夫人的邀请，驾临白鹭山。看完黄霓裳一段飘然若仙的歌舞后，霜月明不由自主地被迷住了——那气质和那身段简直没的说，特别是露在翠袖外的一双玉手，白皙细腻，嫩若水葱，分明就是一件精美的艺术品啊！

百姝夫人见霜月明如痴如醉的模样，试探着问道："小女也算是才貌双全，如果盟主不嫌弃，老身情愿将小女托付……"霜月明喜出望外，当即解下佩剑作为信物，约定在中秋节前来迎娶黄霓裳。

能和武林盟主攀上亲戚，百姝山庄一片欢腾。黄霓裳听到这一消息，泪流满面。她与曲横幽相恋多年，却身不由己！同样心如刀割的还有曲横幽。百姝山庄严禁门中弟子互相婚嫁，他俩的命运掌握在百姝夫人手中。曲横幽横下一条心：就是死，也要跟心爱的霓妹死在一起！他要冲破百姝山庄这个巨大的鸟笼，和霓妹飞向远方……

三天后，曲横幽带着黄霓裳逃出百姝山庄。百姝夫人大发雷霆，门下弟子挟情私逃，这在百姝山庄的历史上还是头一次。她对外严密封锁了消息，随即派出人马，秘密追缉二人。

百姝夫人原以为曲、黄两人柔柔弱弱，跑不多远，谁知他俩雇了马车，一口气从山西逃到了河北。到达雄州府的时候，两人总算摆脱了百姝山庄的追缉，可随身携带的盘缠也已用尽。

要想生活下去，就得自己动手挣钱。可曲横幽和黄霓裳什么手艺都不会，总不能跑到勾栏瓦舍，一个去吹笛，一个去献舞吧？曲横幽咬咬牙，找到州府中作假的高手，用翠玉笛换了一大沓假银票——为今之计，只有去骗了。

鸿运当铺是雄州府最大的当铺。这天午后，洪老板正在藤椅上打瞌睡，店里忽然进来一对璧人儿，男的风流倜傥，女的貌若天仙，两人看遍了店中宝物，最后目光停在一颗七彩霓光珠上面。不用说，这两人便是曲横幽和黄霓裳了。

当黄霓裳用兰花般的玉手捧起那颗七彩霓光珠时，洪老板都看呆了。珠光闪耀，更衬得黄霓裳那一双玉手晶莹剔透。

黄霓裳轻启朱唇："敢问老板，这颗珠子作价多少？"听了这莺声燕语，洪老板浑身都酥透了，嘴巴哆嗦了半天，只挤出了"八千"两个字。黄霓裳摇摇头："八千两太便宜了，我给你一万两！"

黄霓裳优雅地接过曲横幽拿出的银票，递到洪老板手中，同时也没忘嫣然一笑。顿时，洪老板三魂七魄都飞到了半空，哪还顾得上查验银票的真假？

就这样，两人一路骗到了陕西。可曲横幽压根儿没有料到，他们这招在西安府的当铺竟不管用了。这西安府原是洪老板的大本营，骗了分号再去骗总号，不栽才怪呢！曲横幽和黄霓裳落入了洪老板的手中。

洪老板拨拉算盘算了算，这对男女一路骗来的东西即使都转手贱卖，也足有十多万两银子。可搜遍他俩的包袱，除了几件随身的衣服，剩下的只有几块散碎银子了。洪老板一脸惊讶：难道短短一个月，他们竟把这些银两全挥霍了？

尽管如此，洪老板还是很高兴，只要有美人在，钱算个啥？他向黄霓裳开出了条件：要么嫁给他，要么将曲横幽送交官府治罪。为了心上人，黄霓裳别无选择。

娶了黄霓裳，洪老板才终于弄明白，那十多万两白银是怎么花光的了。黄霓裳不仅任何事情都需要有人来照顾，日用物品也是极尽奢华。就单说她每天早晨必喝的珍珠茶，那颗碾成粉末的珍珠必须是合浦珠，少说也值百两银子。仅此一项，每月的花销就是三千两。

为博美人一笑，洪老板不惜一掷千金，可咬牙坚持了半个月，竟为黄霓裳花掉了六万多两银子。正当他觉得捡了个烫手山芋的时候，霜月明得到了黄霓裳的下落，急匆匆赶到西安府。洪老板不敢得罪武林盟主，只得将黄霓裳交了出去。就这样，黄霓裳又成了武林盟主的夫人。

武林盟主虽然权势冲天，但论及财力，恐怕还不如洪大老板。霜月明娶了黄霓裳还不到三个月，便开始捉襟见肘。又过了一个月，夫妻二人竟开始为三五百两的日常花销吵得不可开交。

这消息传到了江湖中各路大盗耳中，一个个都急忙赶来巴结孝敬。霜月明原本清廉，可为了取悦黄霓裳，如今也就睁一只眼闭一只眼。一年后，黄霓裳生了个儿子，花销更大，一旦财帛上门，霜月明更是来者不拒。一时间道消魔长，怨声四起。

武林八大长老急忙发出英雄帖，召开武林大会，罢免了霜月明的武林盟主之位。真是凤凰落毛不如鸡，虎落平阳被犬欺啊！回家的路上，他被十几个黑道人物奚落，大家一怒之下动了手，终因寡不敌众，落了个乱刀分尸。

再说曲横幽，自从黄霓裳嫁人以后，他就浪迹江湖，四处招摇撞骗。当听说霜月明已惨死街头的时候，曲横幽不禁流下两行欣喜的泪水。难道真是上天垂怜，让他们这对苦命鸳鸯最终能走到一起？曲横幽立即动身去找黄霓裳。

这个时候，黄霓裳正在为霜月明守孝。见到黄霓裳，曲横幽深情说道："霓妹，我们又可以在一起了！"

黄霓裳伤感地摇摇头："在一起又能怎样？百妹夫人广收天下弃婴，这原本是件善事，可她却将我们这帮弃婴都培养成了不事百业的无用之物……我不能让我的儿子跟着你，我不会让他也变成一个贼，跟着你去偷，去抢，去骗人！"

曲横幽一脸的痛苦："霓妹，你这个高高在上的盟主夫人万万不会想到，为了不让你受苦，是我这个又偷、又抢、又骗人的贼养活了你们一年多……"原来，那十几名大盗送给霜月明的财物，都是曲横幽暗中安排的，而且每一两银子都是他骗来的。他捧起黄霓裳的一双玉手，又说："这双玉手长在你的身上，就是注定要养起来，供人欣赏的。我发誓，以后真的不会再让你吃一点苦了。"

"两只手如果什么都不能做，和栽种在盆中的花草又有什么区别？"黄霓裳从曲横幽掌心抽出玉手，擦了一把泪珠，说，"我现在才明白百妹夫人为何不让庄中弟子互相娶嫁了——两个不事百业的人在一起，如果不偷不骗还能做什么？我们还能将过去的一切再重复一次吗？"

"可你我毕竟什么也不会做呀！"曲横幽挠头说道。

"如果你想做点什么，现在就可以学啊，凭着你能骗倒那么多大老板的才智，在任何地方都会成就一番事业的。"黄霓裳望着自己的一双玉手又说："我也要自食其力，再也不用靠谁来养活我了！"

曲横幽见黄霓裳主意已定，只得将一张两万两的银票硬塞到她的手中。没想到，黄霓裳毫不迟疑地将银票撕得粉碎，大声对怀中啼哭的孩子说："儿子，你听好，娘就是穷得只剩下一双手，也要将你哺育成人！"

长着一双玉手这并不是过错，但不想用它做事那可就大错特错了。

20 年后，曲横幽终于成了一个受人尊敬的商人。他家的中堂挂着一幅他亲笔书就的"开窍"二字，那力透纸背的笔墨线条，状若双手。

黄霓裳也用自己的一双手将儿子培养成新一任的武林盟主。即位后不久，黄霓裳就为他操办了婚事，人们发现新娘子露在袖外的一双手并不白。

第三辑　不一样的感动

英雄不流泪

李卫国工作的福利制桶厂解体了。捧着 5000 块钱的遣散费走出厂门的时候，他感觉眼角湿湿的，这里毕竟是他工作了几十年的地方啊。他已经找人写好了上访信，他相信政府不会不管他。他拄着拐杖，拐着仅剩下的一条左腿回到了家，把 5000 元放到了老伴遗像的下面，他抚摸着遗像上老伴略显忧郁的脸说道："这些年，我总想去一趟云南，可我却放不下你的病情，现在你走了，我真的要去云南一趟了，等看完以前的战友们，我就回来，然后就去找政府，最后再好好地陪你！"

李卫国草草收拾了一下，他为了省钱，买了一张普快的火车票，登上直奔云南的火车。火车到了茅坪站，李卫国对座的两位旅客下车了，上来了一个用白羊肚手巾包头的中年妇女，这位中年妇女还搀扶着一个瞎眼的老太太，两个人身上都穿着洗得分不清颜色的土布衣服，青布鞋面上，落满了尘土。两个人坐在车座上。火车停了能有 5 分钟，鸣了一声汽笛，直向云南的崇山峻岭中开去。

双目失明的老太太叫那个中年妇女翠兰。翠兰把一个沉甸甸布袋子放到了座位下，两个人就着军用水壶里的水刚吃了几个干馍馍，列车员就开始沿着过道查票了。

翠兰在裤子里掏出了两张新买的车票，领头的列车员拿起车票一看，皱着眉头说道："你这是明天的票，怎么能坐今天的车呢？"

翠兰还真不知道火车上还有这个规矩。那个列车员非要他们补

交罚款不可，那个双目失明的老太太站起来哀求道："大侄子，您就行行好吧，我们去趟云南太不容易了，这路费还都是乡亲们给凑的呢！"

列车员就是不依不饶，李卫国看着老太太可怜，说道："小同志，罚款我替她们交吧！"

李卫国替她们交了 50 块钱罚款，那个年轻的列车员悻悻地扫了扫翠兰母女二人，一眼看到了车座底下的袋子，说道："这里面装的是啥？"

翠兰结结巴巴地说道："这里面装的是土啊！"

列车员不信，非要检查不可，翠兰迟疑着把袋口打开，袋子里装的真是黄土。不仅列车员愣住了，李卫国也愣住了，这千里迢迢的拿点什么不好，干吗要背一袋子的土啊？列车员冷笑着说道："真是有病！"

翠兰气得刚要站起来和他争辩，那老太太用土布衣袖擦了一下眼角，一把将翠兰又拉回车座上了。

翠兰对李卫国不住声地感谢，两个人的话自然就多了起来，一拉家常才知道，原来翠兰的家住在山东莱阳，两个人一路倒车，这是要到云南看儿子去。火车又走了七八个钟点，终于在半夜的时候来到了靠近中越边界的孟腊站，下车的时候，翠兰非要叫李卫国留下家庭地址，说要给他邮火车上的罚款钱。李卫国摇摇头说道："不用了，不用了！"说完，拄着拐杖，拐着左腿，一步步地出了火车站。他在一个水果摊上买了几样水果，见水果摊后有个 10 元一宿的小旅馆很便宜，就住了进去。

他刚躺在床上迷糊着，就听外面传来了争吵的声音，李卫国把窗户帘揭开一个小缝，看见翠兰站在窗前的水果摊前，她手里拎着两个方便袋子，方便袋子里装满了东西，其中一只方便袋子中露出了半条芙蓉王，借着灯光，隐隐约约还有一瓶五粮液的包装盒子，李卫国没等看完就愣了：这一条烟、一瓶酒至少也得 1000 块啊，他们究竟是啥人啊？李卫国听了一会，才知道翠兰和那个卖水果的摊贩老板吵架的原因，原来翠兰是要挑水果摊上最好的水果，并且不惜付更多的钱。

很显然，翠兰和那个瞎眼的老太太不是穷人，至少比他这个没了一条腿的李卫国有钱！他这 50 元被骗得冤枉啊！

李卫国躺在床上，翻来覆去地睡不着，刚有点迷糊，天就亮了，他到早餐摊上吃了点稀饭，然后坐上小巴车，直奔 30 里外的棉树岭。

小巴车在棉树岭下停住了，李卫国拎着兜里的水果，直奔棉树岭上的烈士陵园，这座陵园埋葬着 60 多位在对越自卫反击战中牺牲的烈士，其中就有李卫国的排长张得胜。

烈士陵园的石头围墙还是老样子，可是却有很多地方快要坍塌了，当年他和战友们栽种的红棉树已经有两丈多高了，坡上的风不是很大，但也吹得树叶子"哗哗"直响，大老远的，李卫国就看到了墓园中张得胜的青石墓碑。

李卫国原本想控制自己的情绪，可看到自己战友的墓碑后，鼻子一酸，眼泪"刷"地流了下来，他站在张得胜的墓碑前，正了正头顶上的帽子，抬手"啪"地一声敬了个标准的军礼。他高声喊道："排长，李卫国来看您来了！"他一句话没说完，将右臂下的拐杖一丢，一下子扑到了张得胜的坟上，他撕心裂肺地哭道："张排长，我对不起你，30 多年了我也没来看你啊，你知道吗，晚上一做梦，就梦见你领着我们打冲锋，不是你在谅山上一把将我推到炮弹坑中，躺在这里的就是我了……"

李卫国大哭了一会儿，把带来的几样水果整齐地摆在了张得胜的坟前，然后就开始拔坟周围的荒草。张得胜坟上的荒草并不多，这座墓园中也被收拾得很干净，很可能是附近的老百姓经常有人来

整理这座墓园。

李卫国拔完了荒草，挂着拐杖，来到墓园后，找到自己亲手栽的那株红棉树，高大的红棉已经长得有两搂粗了。当他正在端详红棉树的时候，就听张得胜的坟前传来了一阵哭声，李卫国回头一看，只见那个双目失明的老太太和翠兰来到了墓园，翠兰跪在了张得胜的坟前，正放声痛哭呢。李卫国一下子就惊呆了，莫非那老太太就是张排长的母亲？可没听说张得胜有妹妹姐姐啥的啊。

李卫国急忙挂着拐杖走了过去，就见那个瞎眼的老太太高高地举着根新折来的槐树棍子，只听她嘴里骂道："得胜仔，30多年啊，你对不起你瞎娘啊，你为国尽忠娘不怨你，可你没对娘尽孝啊！为这，娘要打你一棍子！"瞎老太太举起手中的拐杖，"咣"地一声，砸在了张得胜的坟头上。

李卫国一看这瞎老太太真的是老排长的母亲，他丢了拐杖，"扑通"一声，跪倒在老太太的面前，叫道："您真是我们排长的母亲？我是得胜最好的战友李卫国啊！张排长走了，您就是我的亲娘啊！"

老太太一听愣住了，她一问李卫国的名字，惊讶地道："孩子，是你啊，就是你每到逢年过节都给我这个孤老婆子寄钱吗？"

李卫国点了点头说道："张排长为救我牺牲了，我给您寄钱这是应该的啊！"

老太太点了点头，说了声好孩子。她扭过身，对翠兰说道："翠兰，这位就是经常给我们寄钱的李大哥，你替胜仔给他磕个头吧！"

翠兰抹了把眼泪，答应一声，走到李卫国面前，刚要跪倒，李卫国急得叫道："娘啊，您要这样，还不如给我两个大耳光呢！"

老太太摇了摇头说道："卫国啊，我们山东人最讲究恩怨分明，你喊我一声娘，就不要叫娘带着遗憾离开棉树岭啊！"

　　翠兰跪在了李卫国的面前，李卫国也赶忙跪倒在地，老太太用拐杖点着张得胜的坟头骂道："得胜仔，你看到了吗，你一死，一了百了，可连累未过门的媳妇翠兰为你守了这么多年的寡，你连累战友又为你尽了这么多年的孝，这两棍子，娘还得打你！"

　　老太太讲完，又扬起了棍子，照着坟头，"砰砰"就是两棍子，打完，她回过头来，吩咐翠兰把买来的水果和供品都掏了出来，离张得胜的坟远远地，把供品摆在了一块青石板上。

　　等把供品摆完，翠兰才将那条芙蓉王拆开，在每一个烈士的坟前，都点燃了三根烟，然后滤嘴冲下，插在了地上，等翠兰把烟插完，老太太才将那瓶五粮液打开，她高声叫道："孩子们，你们都是娘的好孩子，娘来看你们来了！"说完，将一瓶酒缓缓地，都倒在了地上。

　　翠兰含着眼泪，拿起那个沉沉的土口袋，将她从老家背来的黄土，都倒在了张得胜的坟头上，她竟把家乡的黄土千里迢迢地给丈夫背来，然后撒到了自己男人的坟上，总算了结了亲人叶落归根的心愿了。

　　祭奠完毕，翠兰扶着老太太，要绕着烈士的陵园走三圈，这在他们老家的规矩叫做圆坟。刚走完两圈，就见陵园的门口来了20多个手拿铁锹和镐头的村民。村民们来到烈士们的墓碑前，二话不说，抢起铁锹和镐头就开挖。一听说有人敢动烈士们的墓碑，气得老太太尖叫一声，骂道："你们知道这些坟里埋的都是谁吗？这里面都是为国捐躯的烈士啊，你们这样对他们，还有没有点良心啊！"她抢起手里的槐树棍子，"砰"地一声，正砸在领头的中年人的脑袋上。

　　那个中年人惨叫一声，等他抬起脑袋和李卫国一打照面，李卫国惊喜地叫了一声："侯强，是你吗？"敢情这个中年人正是自己的战友侯强啊。侯强退伍后，因为放心不下烈士陵园，就放弃了城里的优越工作，和当地农村的一个姑娘结了婚，他一直在默默守护着

墓园，今天他带人来这里，是想给自己的战友们换新墓碑啊！

老太太一见打错了人，正不知道如何道歉呢，侯强冲李卫国和翠兰连使眼色，他捂着流血的脑袋，走了过来，假装没事似的说道："您是我们老排长的娘，就是我们全排战士的娘啊，娘打儿子，这是应该的，您说是不？"

老太太一听大家都说没事，这才放下了心。过了一会儿，侯强的儿子开来了一个四轮拖拉机，众人七手八脚地将车上的大理石墓碑卸了下来。原来这几年侯强承包了一个采石场，生活宽裕了，这才有了给烈士们换墓碑的想法。前几天他还接到县里的通知，说县财政部门要拨款，重新修缮墓园呢！

老太太摸着儿子坟前光溜溜的大理石墓碑，激动得直抹眼泪。等竖完墓碑，侯强把李卫国和翠兰母女二人都让到了家里。翠兰母女二人在侯强的家里住了三天，到了第四天早晨，老太太说啥也要走，临走前，翠兰在衣服里摸出了一个布包，这里面就是李卫国这些年邮寄给老太太的生活费，一共26000块啊！

大家一看都呆住了。这钱老太太竟一分钱都没用！李卫国叫道："娘，这钱为啥您不花啊！"

老太太抓着侯强的手，激动地说道："钱够花了，这几年政府给了我们娘俩很多照顾，听说我们要来云南，乡亲们都来给我们捐钱，我是没了一个儿子，可是政府给我们的太多了，我们也该知足了！"

李卫国默默地点了点头，将怀里写好的上访信轻轻地撕碎了，丢到了外屋的灶膛里烧掉了。他把这26000块钱都给侯强留了下来，作为修缮墓园的费用。虽然杯水车薪，但也算他的一点心意吧。三天后，他回到了家，他望着妻子的遗像说道："我回来了，我也明白了，比起那些战死的烈士，我们真的没有什么可以遗憾的了！"

李卫国妻子遗像脸上的忧郁表情不见了，代替而来的是欣慰的笑容。生活正在一点点地变好，真的没有什么可以遗憾的了！

至尊神仙汤

都说龙生龙，凤生凤，老鼠的儿子会盗洞。金八爷的祖上可了不得，那是给慈禧太后做菜的御厨子，只不过御厨的手艺传到金八爷这代失传了。可是倒流河子的老百姓抬举他，谁家娶媳妇生孩子啥的有点事儿，还是要把金八爷请去掌勺才称得上有脸面。

金八爷有个儿子，名叫金有财，因为患有鼻炎，鼻子底下经常挂着两条大鼻涕，于是村民们就给他起了个外号叫金大鼻涕。金大鼻涕负责给金八爷切墩，金八爷扎着油布围裙炒菜，父子二人做的家乡菜吃得倒流河子的老少爷们一个个连连点头。金大鼻涕一晃长成了20出头的大小伙子，金八爷再也乐不起来了。别看金大鼻涕整天托着两条大鼻涕，可是心气还挺高，他不想在农村呆了，非要进城去闯一闯不可。

金八爷说啥也不同意，可是金大鼻涕却是王八吃秤砣，铁了心是想进城了。金八爷一着急，从箱子底拿出了一个小红木盒子，"啪"地一声打开，里面竟是两张发黄的娟纸，金八爷指着绢纸叫道："看到没，这就是你祖爷爷留下的慈禧太后御用的汤谱啊，只要你跟爹好好干，爹就把这宝贝汤谱传给你。"

没想到这金大鼻涕也挺拧，灯红酒绿的城里可比这干巴巴的宫廷汤谱强多了。金大鼻涕义无反顾地来到丰城县，他从一个食堂的厨子干起。5年后，他遇到了湖南来这里打工的沈幺妹，两个人合开了一个小饭店。又干了3年，金大鼻涕摇身一变，竟成了龙翔大

酒店的老板了。

龙翔大酒店开业后，生意一直不是很好。金大鼻涕找了个餐饮业的高人一咨询，才找到龙翔酒店生意不好的"病根"，那就是少了几道招牌菜啊。

要说起丰城各大酒店的招牌菜，那可真是五花八门啊。什么龙蛇鸳鸯羹，雪豹肉三吃，更前卫的龙凤大酒店竟从泰国买回来了20条大鳄鱼，独家鼎力推出了红烧帝王鳄。竞争也太激烈了，金大鼻涕真的有点不知所措了。

这几天金大鼻涕正在为招牌菜发愁呢。忽然手机响了，电话竟是他爹金八爷打来的，金八爷先劈头盖脸地把他臭骂了一顿。先骂他30岁的人了，也不知道娶个媳妇，耽误自己抱孙子了，骂完，金八爷才问儿子在法院认得人不。原来去年有人在倒流河子修了个农药厂，严重污染环境，金八爷组织村民，正想到法院告农药厂的厂长邱秃子去呢。金大鼻涕一听老爸讲话，脑袋忽悠一下子，他猛地想起了那个装着汤谱的红木匣子，如果那匣子里真的是前清慈禧太后留下的御用汤谱，那他可就发达了。

金大鼻涕满口答应帮父亲在法院找人。他放下手机，急忙把副总沈幺妹叫了进来。这个沈幺妹现在每天帮金大鼻涕在酒店中上下打理，是他的好帮手，两个人早就同居了，现在就差明媒正娶，把婚事挑明了。

金大鼻涕叫幺妹到礼品店买了不少好东西，然后他开着自己的红色马自达，顺着乡镇公路，一直来到了倒流河子。

邱秃子的农药厂就在倒流河子的村边，闻着农药厂发出的刺鼻怪味，金大鼻涕也是被呛得直皱眉头。金八爷一见儿媳妇第一次上门，两只眼睛都乐得眯成了一条细缝。幺妹把西洋参、蜂王浆和各种珍稀的海产品一样样地都拿了出来。金八爷笑着嗔怪道："自家人，干啥还这样破费啊！"

　　幺妹嘴甜，她把金大鼻涕这些年打拼的心酸经历添油加醋地说了出来。金八爷连连点头，瞪了一眼儿子说道："看在幺妹的面子上，我今天就原谅你这个小兔崽子了！"

　　金大鼻涕亲自下厨，做了一桌子的好菜，算是给老爷子赔罪。半瓶茅台下肚，金八爷的舌头就有些短了，父子二人说着说着就说到了农药厂。原来这都是丰城县的副市长冯大肚子冒的坏水，他竟把广东一家外迁的剧毒农药厂安排到了倒流河子。原来清澈的倒流河水现在已经成了乌泥汤，养鸭鸭死，养鸡鸡亡，老百姓深受其害，金八爷现在正领着村民们上告呢。金大鼻涕一边听，一边点头，最后说道："爹，我在法院有熟人，这个忙我能帮……只不过冯副市长是邱秃子的后台啊，这事情有点不好办，实在不成，您就跟我进城去住吧！"

　　金八爷一摆手说道："不去，我哪也不去！"金大鼻涕连连点头，又给老爷子敬了两杯酒。然后借着酒劲，把酒店缺少招牌菜，眼看着就要支撑不下去的紧迫局面一说。半醉的金八爷把酒杯一顿，吼道："干啥，我看你和农药厂的邱秃子是一伙的，来到倒流河子，就是黄鼠狼给鸡拜年——没安好心，你小兔崽子是不是想算计那两张宫廷汤谱啊？"

　　沈幺妹一见要坏事，急忙端起酒杯，在旁边打圆场。金八爷一摇脑袋，说道："今个就把话挑明了吧，我那两张菜谱确实是慈禧太后用过的，一道名叫至尊汤，一道名叫神仙汤，可是当初你小兔崽子不听话，今天，这两张汤谱说啥也不给你！"

　　沈幺妹急忙在旁边劝，劝了好半天，金八爷才消火。他想了想，说道："我今个决定了，就把这两张汤谱给我孙子留着，你们想要，拿孙子来换吧！"

　　金大鼻涕气急败坏地和沈幺妹回到丰城。他一拍桌子叫道："结婚，发请柬，我要马上结婚！"

就这样，金大鼻涕和沈幺妹结婚了，一年后，沈幺妹终于生下了一个大胖小子，找到酿名斋的老板，花了2000块，给孩子起了个大名叫金大福，小名金不换。金大鼻涕和老婆沈幺妹抱着儿子金不换坐车回到了老家，望着嫡亲的孙子金不换，金八爷高兴得直淌眼泪。

金八爷看儿子以前托着两条大鼻涕的衰样子，谁会想到自己也能抱上孙子啊。酒至半酣，金大鼻涕对喝得直打晃的老爹一提那两道宫廷汤菜，金八爷摸着孙子金不换的大脑壳说道："那还用说，那汤菜秘谱当然要传给我孙子，不过那得等到他长到18岁啊，你个小兔崽子要是孝敬你爹，就帮老子把那农药厂告倒，那个邱秃子简直坏透了！"

邱秃子的后台是冯大肚子，这官司还能打赢？金大鼻涕胡乱答应几声，又灌了老爹几杯酒。金八爷不胜酒力，最后脑袋一歪，倒在床上呼呼地睡着了。听着金八爷的呼噜声，金大鼻涕悄悄地把金八爷腰上的那串钥匙摘了下来。开箱子，取出那只神秘的红木盒子，金大鼻涕哆嗦着两只手，把里面那两张御用的汤谱拿了出来，小心翼翼地揣到了怀里，然后又把盒子放回到箱子里。

第二天一大早，两个人推说酒店有事，开着车，抱着儿子金不换跑回了丰城。

金大鼻涕亲自下厨。按照汤谱上的记载，买来了原料。这两道秘汤各有特色，一道叫至尊菊花汤，另一道为神仙木瓜汤。虽说这两种汤的主料是菊花和木瓜，可是里面的配料都是好几十种。金大鼻涕关门研究了十多天，不管是汤头还是汤色都熬到了极点，一尝，那滋味果然与众不同。终于在半个月后，重磅推出了龙翔大酒楼的特色招牌菜——至尊菊花汤和神仙木瓜汤。

冯大肚子一听金大鼻涕研究出慈禧御用汤，急忙上门，亲口一尝，不由得连声叫绝，急忙给邱秃子打了个电话，约他到龙翔大酒店品尝至尊菊花汤和神仙木瓜汤。

正在邱秃子和冯大肚子喝得兴高采烈的时候，金八爷一脸急色，"砰"地一声，推开了包厢的房门，直眉愣眼地闯了进来。他望着点头哈腰，不停地给邱秃子和冯大肚子敬酒的儿子骂道："小兔崽子，你是不是把我的汤谱给偷了出来？"

金大鼻涕一见要坏事，急忙要把老爹往外推，金八爷抬手"啪"地一声，就给了儿子一个大耳光。他看着邱秃子和冯大肚子面前的汤碗，冷笑着说道："两位，这御用鲜汤滋味如何？"

邱秃子翻了翻眼睛不说话。金大鼻涕急忙给冯大肚子介绍，说金八爷是自己的老爹，冯大肚子也知道金八爷现在正找邱秃子农药厂的麻烦呢，他站起来，拍了拍金八爷的肩膀，说道："这汤真是天下第一美味啊！我和金老板关系不错，以后大家就算认识了，我们就是一家人了！"

"不敢当啊！"金八爷不屑道："照说你们都是见过世面的人，怎么能这样喝汤啊。慈禧太后的御用汤可不是这样喝的呀！"

邱秃子转了转眼睛，说道："慈禧太后怎么喝？"

金八爷笑得直捂肚皮笑道："这汤不能用嘴巴喝，因为这是慈禧太后的洗脚汤啊！"

原来金八爷的祖上并不是什么御厨，他只是慈禧太后御厨房中一个切墩的小伙计。因为母亲身体不好，夜里经常盗汗，他就花了50 两银子，从慈禧太后的洗脚太监那买了这两张洗脚药汤的方子。那菊花的汤方是慈禧太后夏天消暑用的清凉汤，而木瓜那个方子，是慈禧太后冬天用的暖脚汤。

邱冯二人竟然把慈禧太后的洗脚汤当补品喝了。这也太荒唐了，两个人连呕不止，把吃到肚子里的山珍海味都吐了出来。冯大肚子吐得面无人色，临走，他指着金大鼻涕的脑门怪叫道："你等着，用不了十天，我就叫你的酒店关门！"

　　金大鼻涕吓得一屁股坐到了地上。金八爷从怀里掏出了一封信，上面是省环保局关于倒流河子农药厂污染环境给他的回复。他对胆小的儿子一挥信骂道："小兔崽子，你给我站起来，就是酒楼不开了，你老子也要把这两个狼狈为奸的狗东西告倒！"

　　十天后，龙翔酒楼没有被关停，邱秃子和冯大肚子却被省里来的检查组给审查了。这两个人一个行贿一个受贿，而且数额巨大，最后都到南山监狱啃窝头去了。

　　龙翔大酒楼给这对贪官和恶商喝洗脚水的故事在报纸上一披露，立刻成为社会各阶层人士谈论的话题。虽然褒贬不一，可是却再也没有人敢到龙翔酒楼来订餐吃饭来了。

　　看着儿子整天愁眉不展，金八爷大手一挥说道："干啥要在一棵树上吊死，我们可以改行啊！"龙翔大酒楼被改成了龙翔足浴中心。因为那两种足浴，确有神奇的健身疗效，来这里做足疗的人，竟比原来到这里吃饭的人还要多。

踢树的男孩

《功夫小子》在临江县电视台热映后，临江县立刻刮起了一股习武的风潮。别看现在是秋意阵阵，可是在江堤公园里仍然活跃着不少练功的身影。

王彦在县园林管理处上班，他主管的工作是江堤街的绿化和卫生检查。每天一大早，他都要骑着自行车到江堤路转一圈，可是今天他骑车刚走了一半，就发现了异常的情况，原来在江堤路的中段，种着一百多棵碗口粗细的法国梧桐，可是梧桐的树身上，树皮竟有摩擦和撕裂的痕迹，不用想，这一定是哪位练功人士用脚拿梧桐树当靶子给踢了！

王彦连问了几位在街边遛弯的居民，他们都异口同声地说没看见踢树的人。王彦心痛地看着树上的踢痕，找到了清江小区的治安员武大爷。武大爷今年60多岁，他可是老钳工出身，再厉害的小偷被他老虎钳子似的两手抓住，都没有逃跑的可能。武大爷听完连连点头，说道："放心吧，我一定替你留心看着点！"

园林处的刘处长听完王彦的情况汇报，也是非常重视，他叮嘱王彦一定要把那个踢树的人抓到，不仅要对他进行批评和教育，还要重重地处罚！

王彦也喜欢看《功夫小子》，可是为了明天起早，晚上的电视他都顾不上看了。等王彦迷迷糊糊地一觉醒来，正好是凌晨3点，听外面"呼呼"地起风了，王彦穿好了一件厚衣服，下楼骑上自行

车，直奔江堤路而去。

王彦到了江堤路，正好3点半。漆黑的路面上，除了几辆夜行的出租车，连个人影都没有。王彦把自行车锁好，隐身在一个避风的楼空里，两只眼睛警惕地盯着那两排在夜风中摇晃的梧桐树。

王彦傻呵呵地等了一个多小时。扫街的清洁队过来了，等清洁队打扫完街上的落叶和垃圾，天色就已经有点蒙蒙亮了。看着街上渐渐增多的人们，王彦感觉踢树的人已经不大可能出来了，他刚要从楼角站直身子，就听身后有人叫："臭小偷，看你往哪跑！"

王彦还没等回头，就被武大爷和两名片警扑倒在地。武大爷早起巡逻，只看见王彦鬼鬼祟祟的背影，他还以为是一个小毛贼在伺机作案呢。王彦被武大爷铁钳子似的两只大手掐得嗷嗷叫，武大爷一看自己抓错了人，急忙招呼两个片警把王彦从地上扶了起来。武大爷一边替王彦拍打身上的尘土，一边怀疑地问道："王彦，你在搞啥名堂？"

王彦哭丧着脸，把自己学警察蹲坑的经过说了一遍。武大爷一竖大拇指，说道："行啊，王彦，相信过不了几天，你一定能把那个踢树的坏小子抓到！"

王彦白白挨一早上的冻不说，自己反倒被人当贼抓了。他刚到家就觉得脑门发热，鼻涕直流，他这是患上重感冒了。没办法，他只得打电话给武大爷，叫他帮自己留意究竟是谁在踢树，他则头晕眼花地到医院挂点滴去了！

两天后，王彦的高烧终于退了下去。他出院的第一件事，就是打出租车直接来到了江堤路。他走到那两排梧桐树前一看，鼻子差点没被气歪。梧桐树干上累累的都是脚踢的痕迹，看样子这个踢树练功的家伙根本就没把他放在眼里啊！

王彦摸出手机，想打个电话向武大爷问一下情况，可是转念一想，还是别惊动他了。第二天，王彦两点半就起来了，这次他穿上了厚厚的羽绒服，来到江堤路后，藏在一排齐腰高的柏树墙后，时间一分一秒地过去，王彦的两只眼皮也有点要打架了。在他似睡非睡的时候，就听见一阵"咚咚"的踢树声，远远地传了过来！

王彦一下子清醒了过来，他揉揉眼睛，仔细一看，就见街对面的梧桐树下站着一个模糊的人影。这个人个子不高，也就有一米五左右的样子，他正轮流地抬起双腿，往梧桐树上狠命地踢呢。碗口粗的梧桐树被他踢得连连晃动，树顶半干枯的梧桐树叶蝴蝶似地飘落了下来。

王彦咬了咬牙，他快步地走到那个踢树的人背后，高叫一声，道："看你往哪跑！"他两手一伸就把那踢树的小个子牢牢地抱在了怀中。那个坏小子也被王彦吓了一大跳，等他明白过来王彦是想抓住他的时候，他连喊带叫，身体摇摆，疯了似的就要挣脱王彦紧搂的双臂。

王彦怀里抱着的竟是个半大的孩子，这个半大的孩子一见王彦不撒手，抬起腿来对着王彦的下身就狠狠地踹去。

别看这个半大的孩子面目清秀，腿上还真有点功夫，只踹得王彦直吸溜冷气。武大爷也不知道今天怎么起得这么早，他一见王彦抓住了踢树的坏小子，急忙跑了出来，他伸出铁钳子似的大手，把那个半大孩子的两条腿一把攥住了。

王彦一见武大爷抓住了这个踢树的小子，他两手松开，刚要摸出电话报警，那个半大孩子鬼精得很，两手一使劲，竟把武大爷推摔在地，然后"吱溜"一声，钻进楼空里跑了！

王彦撒开双腿，追了一会，可是却越追越远，眼看着追不上了，王彦转身跑回来，把倒地直"哎哟"的武大爷扶了起来。王彦恨恨地说道："跑了和尚，跑不了庙，我到附近的几所学校去找，我一定要把这坏小子揪出来！"

武大爷叹了口气，说道："一个半大的孩子，你找到他又能怎

么样?"

王彦的下身被踹得生疼，他一边揉着一边咧嘴道："说啥也不能放过他！"

看着清扫队远远走了过来，武大爷说道："这个孩子我依稀认得，你下午过来，我带你找他的家长去！"

王彦回到单位和领导一说，园林管理处的刘处长也愣住了。一个半大的孩子凌晨3点钟起来踢树，要说纯粹是为了练功，这恐怕有点说不过去，估计这里面一定有什么问题啊！

刘处长等到下午5点下班，他亲自开车带着王彦找到了武大爷。小汽车东拐西拐来到了一片棚户区的面前，那个踢树的半大小子就住在这片棚户区里。

武大爷领着两个人来到一扇油漆斑驳的木门前。他一敲门，出来了一个中年妇女，这个中年妇女名叫贺喜珍，她认得王彦和刘处长。在屋里做作业的韩小龙一见王彦找上门来，吓得头一低，正要从门边逃走，却被手疾眼快的王彦一把抓住了。

王彦怒气冲冲地把韩小龙踢树的经过说了一遍。贺喜珍一听儿子闯祸了，气得抢起巴掌，对着韩小龙的屁股就拍了几下子。她边打边数落道："每天早起，你都说到江边去练功，干啥去踢树，你不知道踢树是坏孩子干的事吗？"

刘处长看着体格单薄的贺喜珍，他忽然想起，这个贺喜珍就是环卫处清扫队雇来的临时工啊。去年他和环卫处的领导一起看望困难职工的时候，曾经到过贺喜珍的家。贺喜珍的丈夫因为车祸去世了，孤儿寡母的日子过得也很不容易啊！

刘处长和王彦两个人拉开贺喜珍。他蹲到一脸委屈的韩小龙面前，说道："小龙你想啊，要是大家都拿江边的梧桐树当练功用的靶子，那么用不了多长时间，梧桐树就得被像你这样的"大侠"们踢死了！"

韩小龙把头一抬，气呼呼地说道："谁说我要把梧桐树踢死，我再踢梧桐树5天，今年我就再也不踢它了！"

刘处长皱着眉头问道："难道你的脚功再过五天就练成了？"

武大爷见韩小龙低着脑袋不说话，他叹了口气，说道："小龙踢梧桐树不是为了练功，他踢树为的是叫梧桐树尽快落叶啊！"

原来武大爷两天前就知道韩小龙踢树的缘由了。武大爷讲完，王彦和刘处长竟一起愣住了。原来江堤路没种梧桐树前，是一条非常干净的路段，可是现在一到立秋，梧桐就开始稀稀拉拉地落叶，落叶的过程得持续20多天，这段时间就是清扫队最累的一个月。

贺喜珍有腰痛的毛病。韩小龙看着妈妈每天都累得直不起腰来，他就想到了踢树，踢树可是叫梧桐树尽快落叶的好办法啊。刘处长也没想到事情竟会是这个样子啊！

贺喜珍抬起巴掌，还要揍韩小龙，却被刘处长拦住了。刘处长对着贺喜珍说道："这事还真的不能怪小龙，是我们的工作没做到位啊！"

梧桐树美化了城县的环境，可是它秋天落叶却污染了环境啊。有很多居民曾打电话向园林管理局反映过这种新的污染源，看来刘处长真得把落叶树的事情当成问题，好好整治一下了！

经过刘处长一个星期的联系，100多棵梧桐树被移栽到了西山植物园，代之而来的是冬夏常青的虎皮松，虎皮松可是四季都不落叶的树种啊！

韩小龙再也不用踢树去了。其实，在爱心的田地里种植的亲情树又啥时候会落叶呢？

卖楼就凭一棵树

柳成山是赣南市新城区的开发商，他愁得就差找根绳子上吊去了！这次赣南市市政府为了开发龙背山新城，下的力度非常大，省内十几家房地产公司的精英们齐聚一堂。经过激烈的招标血战，柳成山只得到 Z10 那块最偏僻的地皮。

柳成山是土生土长的赣南市人，他原以为凭着自己这些年在地产界打拼出来的良好名声，柳氏的房子应该不愁卖。可是那十多个对手太强了，柳氏小区已经开盘一个月了，柳芊芊竟然连一户商品房都没有卖出去。

柳芊芊是柳成山的女儿，她在洛阳美术学院毕业后，就一直在给父亲帮忙。柳芊芊用尽了浑身的解数，可在卖楼的业务上却没有一丝的进展。这天下午 5 点，柳芊芊放在桌子上的手机响了，打电话的人是他的男朋友，在市植物研究所工作的赵宏伟。赵宏伟在电话里约她到塞纳河餐厅吃西餐去。

还没等柳芊芊说话，就听身后有人说道："又是赵宏伟吧？你告诉他今天没时间，我要带你去看一样东西！"说话的正是柳成山。柳成山特别反对柳芊芊和赵宏伟交朋友。在柳成山的眼睛里，植物研究所养着的就是一群栽花种草的匠人，再说侍弄花草的人能有多大的出息，结了婚还不得靠柳芊芊养活？

柳芊芊知道老爸患有心脏病，也不敢过分执拗。她上了父亲的奥迪车，司机开车直奔市中心广场。

　　因为赣南新城是省重点工程，市政府为了扩大影响，特意为每家开发商立了一块巨大的楼盘广告牌。看着其他房地产公司美轮美奂的楼景图，柳芊芊不由得脸色一红，她主笔画的柳氏楼盘的景观图铁定是最差的。人都说有胭脂要擦到脸上，广告宣传做得不好，楼盘自然卖得就差啊。

　　柳氏楼盘销售不畅，资金已经出现了问题，想请一位全国闻名的大画家已经没有那笔款了。柳芊芊说道："我还是把黄志浩找来，叫他帮我们画一幅楼景图吧！"

　　柳芊芊一提黄志浩，柳成山笑了。这个黄志浩不仅有才有貌，他爸还是省外经委的主任。黄志浩和柳芊芊是同学，他现在已经是全国闻名的青年画家了。

　　黄志浩也在追求柳芊芊，可是柳芊芊却喜欢植物研究所的赵宏伟。黄志浩接到柳芊芊的电话，不敢怠慢，他立刻放下了手中的工作，当天晚上就开车来到了赣南市。

　　柳成山在天龙大酒店为黄志浩摆宴洗尘。席间柳芊芊一说楼景图的事，黄志浩爽快地说道："要是我一个人来画，估计最少也得半个月，这样吧，我找几个朋友一起画，估计 3 天时间就拿下了！"

　　还是黄志浩的面子大，他竟把省画院的两位副院长请了过来。柳成山带着黄志浩这一行人在他的柳氏楼盘参观了一圈，黄志浩首先确定了楼景全图要体现回归自然的主题。

　　柳氏楼盘虽然地理位置偏僻，可是它靠山临水，最难能可贵的就是楼盘中间竟然修了一个小型的花园。花园里还生长着一棵大叶菠萝树。五六位画家连夜开工，3 天后，一张全新的柳氏楼盘图就画好了——在雄奇的龙背山下，柳氏楼盘的十几栋新楼就好像是圣洁的莲花瓣，盛开在蓝天碧水之间。柳成山看着新的楼景图满意得连连点头。

　　柳成山为了对黄志浩表示感谢，他特意放了女儿一个星期的大

假，黄志浩开车和柳芊芊到神仙湖景区旅游去了。

果然，新的柳氏楼盘景观图一亮相，前往柳成山这儿看楼的客户便络绎不绝。3天之中竟卖了十几户，可是过了这3天，看楼的客户便逐渐减少了。柳成山每天钉在售楼部，直到7天后柳芊芊和黄志浩旅游回来。柳成山一计算，售楼处一共只卖出去了20套房子。

柳氏地产这次一共开发了两千多套住房，卖出去的20套房子只有总量的百分之一。这绝对是杯水车薪，解决不了根本问题呀。不用想，黄志浩画的楼景图还是失败的！

黄志浩也觉得不好意思，他开车灰溜溜地去了宾馆。柳芊芊说道：“爹，不成我们还是面向社会，高额悬赏，征集售楼的金点子吧？”

柳芊芊就把父亲悬赏10万，征集卖楼金点子的想法打电话一一通知了出去。第二天一大早，市内的十几家策划公司就把七八条“金点子”反馈了上来。看完这些金点子，柳成山的鼻子差点没被气歪，除了降价销售，就是让利清盘。这降价甩卖的点子还用悬赏征集吗，街头买冰棍的老太太都懂得！

柳成山气得直骂的时候，柳芊芊推门走了进来。他身后还跟着一个人，这个人就是戴着眼镜的赵宏伟。柳芊芊说道：“爹，宏伟有个卖楼的好点子！”

赵宏伟叫了一声柳伯父，然后慢条斯理地分析道：“柳氏楼盘之所以卖不动，那是因为楼盘位置太偏的缘故！”

在下围棋的术语当中，有金边银角石肚子一说。可是在楼盘的销售上，却完全和下围棋的道理相反——地理位置越靠近中心，商品楼也越值钱。

黄志浩提出的回归自然的主题不能说不对，可是回归自然在赣南新城中却行不通。道理很简单，这里十几家的楼盘全都背靠龙背山，他明着是宣传柳氏的楼盘，其实是在替所有的楼盘打广告。

柳成山一见赵宏伟分析得条条是道，紧皱的眉头舒展了一点道："那你的办法是什么？"

赵宏伟也不正面回答，他只是说道："请柳伯伯给我修改那幅楼景图的权利。"

黄志浩画的楼景图已经失去宣传的效果了。看赵宏伟胸有成竹的样子，柳成山咬咬牙，他同意了赵宏伟修改那幅楼景图。可是听到消息的黄志浩却不干了，这幅楼景图可是他设计的最得意的一幅作品。3 个月后，在法国有一个建筑艺术的绘画大赛，他准备拿着这幅和别人合作的作品参赛去。赵宏伟私自改画，这算怎么一回事？

赵宏伟看着怒气冲冲的黄志浩也不上火。他指着中心广场上的那幅楼景图，说道："黄先生，柳经理请您画楼景图，目的是想把他的 2000 多套商品房卖出去！"

这楼景图说白了只是一幅广告。广告就得有广告的效果，如果它不具有商业效应，那么他就是一幅失败的作品。

赵宏伟也是一个绘画爱好者。虽然他和黄志浩没法比，但他也是有两把刷子的。楼盘的广告画前已经搭上了高高的脚手架。赵宏伟拎着绿色的油漆桶爬到了脚手架的上面，他拿起画笔，在柳氏楼盘中心的小花园里，画上了一棵特别显眼的参天大树。

看着那棵大树逐渐成型，黄志浩冷笑一声道："俗气，简直就是俗不可耐呀！"黄志浩已经明白了赵宏伟的意思，他是想画一株伸着绿色枝叶的大树，然后用大树的枝叶庇护着整片的柳氏楼盘，可是类似这种内容的广告画，上网一搜，没有 1000 张也有 800 张，黄志浩冷笑着开车回宾馆去了。

柳芊芊站在下面，她也为赵宏伟的创意捏了一把冷汗。

柳成山耐着性子看到最后，他终于看明白了，赵宏伟是在画一株大叶菠萝树。柳氏楼盘的中间有一个小花园，花园的正中间就生

长着这样一棵树形美丽的大叶菠萝树。大叶菠萝树在 30 年前的赣南市还有零星的分布，随着城市的发展，现在这种树已经难觅其踪了。

画一棵树，就能改变柳氏楼盘的命运？这想法也太天真了。柳成山也是连连摇头，最后他实在看不下去了，便开车离开了绘画的现场。

赵宏伟根本不理会自己遭到的冷遇，他高举画笔，一丝不苟地往广告画上填补着树叶。直到晚上 9 点多钟，疲惫的赵宏伟才一身油漆地从脚手架子上爬了下来。

一棵大叶菠萝庇护下的柳氏楼盘出现在市中心广场，可是一连 3 天的时间，柳芊芊的售楼部也没有卖出一套房子。黄志浩连说这赵宏伟心术不正，柳芊芊和黄志浩吵了起来，黄志浩一怒之下，开车回省城去了。柳成山气得把桌子拍得山响，他冲着柳芊芊叫道："告诉那个姓赵的骗子，以后叫他离我远点！"

可是第四天一大早，一辆豪华的沃尔沃大巴就停在了柳氏售楼部的门前。从车上下来了 20 多个金发碧眼的老外，这些外国人不先看楼，他们径直走到了小花园中那棵大叶菠萝树面前，望着枝叶婆娑的大树，他们都一个劲地翘大拇指，嘴里连喊——Very Good！

柳芊芊一问随行的翻译，她才明白了过来。原来这些外国人是市内一家英资企业的高层，他们相中了柳氏地产优雅的环境，要买下三栋楼，给厂子里的外国职工居住。

一单签下三栋楼！柳成山乐得差点跳起来。随着这惊人的消息被报纸披露，到柳芊芊这里买楼的客户竟一天比一天多。柳芊芊心里纳闷，他把电话直接打到了赵宏伟那里，赵宏伟却不以为然地笑道："你看看晚上的电视吧，那上面有我主持的节目！"

晚上 8 点半，赵宏伟主持的电视节目《园艺之窗》准时开播，这几天赵宏伟介绍的是一种外国的植物——槲树。

槲树就是赣南市的大叶菠萝树。槲树的成树可长至 25 米高，其木材坚实，可以做高档的家具。该树最大的一个特点就是对周围环境有相当高的要求，不能受到任何污染，所以又被人们称为环境监测树。

换句话说，在环境受到污染的地方，槲树根本就没法生长。柳氏楼盘中发现了槲树，就是说明这里最适合居住啊！

外国人到柳氏楼盘置业的秘密一经传开，柳氏地产立刻就成了赣南市购楼客户的首选。柳成山把忙得不可开交的柳芊芊拉到了一边，说道："芊芊，我想请赵宏伟吃个饭……"

柳芊芊心里高兴，嘴上却故意地问道："怎么，你不嫌弃人家是百无一用的种花匠了？哦，我知道了，你要兑现那10万元的奖金？"

柳成山不好意思地挠挠头皮说道："这么好的小伙子，真是打着灯笼也找不到。我要仔细向他咨询一下，咱们赣南市哪里还有槲树。我要把有槲树的地皮都盘过来，盖楼赚钱啊！"

一生之舞

　　刘晓箐只是省芭蕾舞团的二流演员。芭蕾舞是一门高雅的艺术，可是现在演出市场低迷，就是有了演出的任务，也是落到团里几个头牌舞蹈演员的身上，刘晓箐一年到头也只有干看着的份了。刘晓箐虽然舍不得芭蕾舞这门艺术，可是她心里也渐渐地萌生了退意。

　　芭蕾舞团的赵团长看到刘晓箐的辞职信，他把刘晓箐找到了办公室。刘晓箐一说自己的想法，赵团长也是叹了一口气。别看刘晓箐不是芭蕾舞团的台柱子，可是她舞蹈各方面的基本功还是很全面的。一个搞芭蕾舞的演员，离开心爱的舞台，回到地方能干啥呢？

　　刘晓箐也舍不得芭蕾舞团啊。赵团长点了点头，说道："小天鹅艺术学校要到咱们团里来挑一位舞蹈老师，我准备把你的名字报上去！"

　　芭蕾舞团中跳舞比她好的大有人在，自己想要胜出谈何容易？赵团长见刘晓箐士气低落，他倒了杯水，放到刘晓箐手里道："晓箐啊，我有个好朋友名叫吕佳，他是动物养殖方面的博士，目前还没有女朋友……他在七星岩自然保护区当经理，我放你一个月的假，你到那里散散心去吧！"

　　吕佳戴着一副宽边的近视镜，他去年才从美国留学归来，倒是一个标准的钻石王老五。刘晓箐活泼好动，而吕佳抱着一本书就能看半天，这两个人也不是一路人啊！

吕佳给刘晓箐安排了自然保护区宾馆最好的房间，他就忙自己的事情去了。刘晓箐一大早站在阳台上，做了几个漂亮的芭蕾舞动作，自然保护区空气清新，湿漉漉的空气吸到肺叶里，刘晓箐的精神也为之一振。

刘晓箐吃完早饭，她向宾馆的服务员一打听才知道，自然保护区最好玩的地方就是飞禽园。吕佳从国内外引进了几百种珍稀的飞禽，进过人工的驯化后，大都散养在园子里。刘晓箐拿手机拨通了吕佳的电话，过了好一会，吕佳才接，刘晓箐叫吕佳来接自己，她要到飞禽园去看看。吕佳想了好一会，才说道："你坐宾馆的车过来吧，我手里有点活放不下！"

这个吕佳真是木头疙瘩一个，美人相邀，他还能无动于衷，无怪乎他快35岁了，还是光棍一个。刘晓箐气呼呼地上了宾馆的游览车，半个小时后，来到了飞禽园。

丘陵起伏的飞禽园中翠竹芊芊，鹤飞鸟鸣，鸳鸯戏水……刘晓箐向飞禽园的工作人员一打听才知道，原来这个气人的吕佳躲在山鸡馆里，已经一天一宿都没露面了。

刘晓箐心里也纳闷啊，难道那嘎嘎叫的山鸡比她这个大美人还迷人？刘晓箐一直来到了山鸡馆。巨大的玻璃房子被间隔开，里面养着十几种来自世界各地的山鸡，什么孔雀蓝雉鸡，珍珠白雉鸡，最好看的就是眼睛通红的黑雉鸡。吕佳听助手说刘晓箐到了，他急忙从解剖室里迎了出来，他带着乳胶手套的两只手上还在滴着鲜血，倒把刘晓箐吓了一跳。

刘晓箐一问才明白，原来保护区最近引进的美国七彩雉鸡出问题了。20几只雉鸡死了七八只，剩下的雉鸡也都是蔫头耷脑，好像随时都会咽气的样子。

吕佳用手术刀切开了雉鸡的腹部，可是他却没有找到雉鸡的内脏有什么病变。刘晓箐听吕佳讲完，也觉得奇怪，她跟在吕佳身后，

来到养着美国七彩雉鸡的玻璃房子前，果然十几只雉鸡蹲在角落中，一个个翎毛散乱，恹恹的一副病态。

刘晓箐想了想，说道："我知道了，它们一定是水土不服想家了！"

吕佳引进的美国七彩雉鸡可不是经过驯化的雉鸡，而是美国加州额吉贝山原产的野生山鸡。喂给它们的食物都是美国原产的草青虫，难道它们真的是水土不服想家了？吕佳眨眨眼睛，一拍脑门说道："对，给它们放点家乡的声音吧！"

安抚野生的山鸡自然不能放爵士乐和古典音乐。两个人打开电脑，刘晓箐点开美国风情网的网页，她用移动硬盘下载了一段额吉贝山知更鸟的鸟鸣。听着这段美妙的天籁之声，萎靡的七彩雉鸡精神也为之一振，可是音乐一停，它们又都趴回了原地。即使喂食员把肥硕的草青虫送到它们口边，它们也还是完全没有食欲的样子。

难道那"叽叽喳喳"的鸟鸣之声，并不是它们听惯的动静？刘晓箐又换了几种美国鸟的鸣叫声，可是那十多只七彩雉鸡仍旧是一副蔫蔫的样子。

两个人折腾了老半天，也没治好雉鸡们的怪病。眼看着太阳已经偏西了，吕佳望着忙活了大半天的刘晓箐，也觉得有点不好意思。

吕佳亲自开车，把刘晓箐送到了宾馆。为了对刘晓箐的帮助表示感谢，占佳竟亲自陪刘晓箐到宾馆的小舞台看演出。自然保护区组织的演出团水平有限，无非是一些唱歌跳舞的小节目。吕佳见刘晓箐看得心不在焉，也觉得脸上无光，等节目演完，他低声说道："晓箐，你能不能上台表演一段芭蕾舞啊？"

刘晓箐看吕佳小心翼翼的模样差点没笑出声来，她点了点头说道："当然可以！"

刘晓箐换了一双舞鞋，随着乐队悠扬的伴奏声响起，她跳的是一段《水乡之梦》，这是一段表现水乡姑娘爱情畅想的芭蕾舞。随着电子琴模仿的泉水叮咚的声音，台上的刘晓箐就像湖水中的荷花一样，翩翩起舞。

刘晓箐的《水乡之梦》刚跳了一半，吕佳就傻呵呵地站了起来，刘晓箐还以为他要给自己鼓掌叫好呢，谁成想吕佳叫道："我知道了，我知道给雉鸡们放什么音乐了！"

吕佳叫完，直向小剧场门外跑去。台上的刘晓箐勉强把一支舞跳完，她尴尬地回到了自己的房间。她越想吕佳着魔的样子就越气，她本想第二天天一亮就打道回府，可是那个疯疯癫癫的吕佳总是在自己的心头挥之不去，他究竟发现了什么呢？难道他想出了给美国七彩雉鸡治病的方法？

第二天一大早，刘晓箐坐车又来到了山鸡馆。吕佳果然给美国七彩雉鸡换了音乐，音乐已经不再是鸟叫了，而是潺潺的流水声。听着那"叮咚"的水响，那十几只雉鸡果然不再萎靡，开始兴奋地在玻璃房子里来回踱步！

可是野鸡们寻找了很久，还是没发现水源。它们又失望地溜达到玻璃房子的一角，翅膀一耷拉，趴在地上不动了。

刘晓箐指着玻璃房子内的自动饮水器说道："既然雉鸡对水响这么有感觉，你何不做个模拟自然的水源给它们呢？"

真是一句话点醒梦中人啊。吕佳拍手喊好，他领着二十几名工作人员经过半天的忙活，一条"哗哗"作响的人工"小河"就流进了玻璃房子。

美国七彩雉鸡们一见人工河，就好像吃了兴奋剂。纷纷跑到了人工小河旁，低头饮水，梳洗羽毛，好不欢快！真没想到，一条简单的人工小河，就治好了美国七彩雉鸡的萎靡症啊。

刘晓箐乐得直拍手。吕佳却急匆匆地回到了办公室，他从电脑里调出几十张额吉贝山的地理图片，看完，他跑了出来，瞪着眼睛对刘晓箐叫道："我知道真正的原因了！"原来毛病出在这群美国雉

鸡的生活环境上。额吉贝山里有一座瀑布湖，这群山鸡除了飞落湖边饮水和梳洗羽毛外，每天它们最重要的活动就是用湖水当镜子给自己照影啊。

中国有句成语叫山鸡舞镜。就是说灵性很足的山鸡是极其爱美的飞禽啊！

山鸡爱美是天性，它们没有了湖水当镜子，就会渐渐地迷失自己，觉得生活索然寡味，这个就是它们日渐萎靡的原因啊！

刘晓箐刚要说什么，吕佳"砰"地一把将刘晓箐的手抓住了。刘晓箐还以为这个书呆子要向自己表达爱意呢，没曾想吕佳吭哧了半天，最后脸憋得通红才说道："你知道吗，这些美国七彩雉鸡太珍贵了，为了彻底把它们的萎靡病治好，你能不能帮我一个小忙？"

吕佳想请刘晓箐穿上一件演出服，对着美国七彩雉鸡跳一支舞。古人都说对牛弹琴，吕佳竟叫刘晓箐对鸡起舞。刘晓箐本来想一口回绝，可是她看着吕佳热切的眼神，竟鬼使神差地点头同意了。

伴着悦耳的流水声，刘晓箐把一整段的小天鹅舞跳了下来。玻璃房子里的美国七彩雉鸡都拿她当成了比美的目标，它们一个个展翅高歌，翩跹起舞。这群雉鸡们一边跳着兴奋的舞蹈，一边飞到人造的小河边去照自己的影子。

山鸡们瞧罢刘晓箐的舞姿，又看罢自己水中的影子，两厢一比较，它们又都好像找回了信心——也许在鸡的世界里，它们认为自己永远都是最漂亮的吧！其实每个人都有别人比不了的长处，如果总拿自己的短处和人家的长处比，那只能是越比越伤心。

刘晓箐在吕佳热切的眼神里也找回了久违的信心。她回到了省芭蕾舞团，正好赶上小天鹅艺术学校来招老师。刘晓箐借助扎实的基本功，一路过关斩将，终于胜出。可是还没等她接过小天鹅艺术学校黄校长的聘书，吕佳就领人急匆匆地赶来了。他竟代表自然保护区，要聘请刘晓箐去当演出团的团长。

小天鹅艺术学校校长急了，他高举着大红的聘书嚷道："吕经理，咱们得分个先来后到吧？"吕佳也急了，要知道省城和自然保护区距离好几百里地，刘晓箐要到艺校去当老师，他哪里还有追求美女的机会啊！

赵团长也是没办法，他最后叫刘晓箐自己决定。刘晓箐左瞧右看，还是难于下决心。吕佳这次倒很直接，他一把攥住刘晓箐的手，央求道："晓箐，你还是到我那里去吧！"

刘晓箐皱眉道："难道还想叫我给你的山鸡们去跳舞？"

吕佳"扑通"一声，单腿跪倒在地，他从上衣的口袋里摸出了一朵喷着金粉的玫瑰花，大声地说道："晓箐，我要，我要一辈子看你跳舞啊！"

这个承诺太高难，小天鹅艺术学校的黄校长是说啥也办不到了。在一片热烈的掌声中，吕佳和刘晓箐拥到了一起！

第四辑 不一样的幸福

子龙脱袍

周锦江是杭州人。别看他年逾花甲，可是精力充沛，锦江制衣集团在他的领导下已经成为长三角地区最著名的私企。周锦江的儿子周大鹏是留美的博士，目前任锦江集团对欧洲销售部的总经理。

周大鹏这天正领人制订外销计划呢，他办公桌上的电话响了。打电话的人是周锦江。周锦江对儿子上个月的销售成绩很满意，他打算今天晚上设宴，犒劳周大鹏一下。

周大鹏心中纳闷，周锦江素日里可是个追求完美的人。周大鹏虽然每个月都能超额完成服装出口的任务，可是周锦江却从来也没夸奖过他一句，今天这太阳莫不是从西边出来了？

周家父子坐在凯迪拉克车上直奔西城区。西城区是工业区，哪有什么大酒店啊？周锦江见周大鹏一路东张西望，他对儿子笑道："知道牛老二酒店吗？那里的溜炒鳝丝可是杭州湾一绝呀，今天我不仅要带你尝鲜，还要去看一场好戏。"

牛老二酒店的溜炒鳝丝好吃，周大鹏早就听说过，可是酒店里能看到什么好戏呢？周锦江一贯的作风就是把谜底放到最后才揭开，周大鹏索性也就不问了。

凯迪拉克车开了20多分钟，最后停在了牛老二酒店的楼下。牛老二酒店是一座三层楼的小型酒店，这里的招牌菜就是溜炒鳝丝。

要说溜炒鳝丝在杭州湾也很常见，可是牛老二炒的鳝丝却堪称一绝。牛老二今年五十几岁的样子，高鼻子鼓眼睛还剃了一个大光

头。牛老二的儿子牛犇长得特像他爹。牛家父子一见凯迪拉克车停稳，急忙迎了出来。

周大鹏跟在父亲身后，仔细一听牛家父子说话，他才明白了过来，原来他们父子要请周锦江当一回裁判，今天一定要分出他们爷俩究竟是谁做的溜炒鳝丝更好吃。

周大鹏来到菊字号的包间里，他一边喝茶，一边看着忙于斗菜的牛家父子暗笑。

周锦江见儿子不明白这里面的关节，他就附在周大鹏的耳边说道："牛家父子明着是斗菜，暗地里是为了争酒楼的领导权啊！"

牛老二酒店开了二十几年，也不见扩大发展，眼看着和牛家酒店一同起步的酒店都成了星级酒店，牛犇不干了。他强烈要求牛老二让出酒店老板的位置，他要用世界上最先进的酒店管理模式来管理酒店。

牛家父子互不相让，最后决定以斗菜论输赢。如果是牛老二获胜，酒店还是按照既定的模式经营，反之牛老二将让出管理权。看来今天平静的餐桌上将会有一场激烈的"厮杀"了。

酒店的服务员先端上了8道色香味俱佳的压桌菜。半个小时后，牛家父子做的两道溜炒鳝丝就被服务员端了上来。

熘炒鳝丝这道菜需要选用拇指粗细的鳝鱼为主料，首先要将其去皮，然后再仔细烹制。成菜的过程中不仅需要厨师一丝不苟，而且此菜还特别注重油温和火候。

虽然这两盘子熘炒鳝丝并没有写上名字，可是周锦江对牛老二炒的鳝丝最熟悉不过了。为了公允，他转头对牛家父子说道："还是叫我儿子当裁判吧！"

周大鹏为难地说道："这个恐怕不合适吧！"

牛家父子对周锦江这个提议都觉得挺有道理。周大鹏推迟不过，他只得拿起筷子，试尝第一盘溜炒鳝丝。

溜炒鳝丝这道菜的主料是鳝鱼，辅料是鲜香菇、青辣椒、玉兰片和紫苏叶，这四样青菜分别是褐、绿、白、紫四色，衬托得金黄的鳝丝竟比怒放的菊花还要好看！

周大鹏尝罢第一盘鳝丝后连连点头，可是他尝罢第二盘鳝丝却变了脸色——第二盘鳝丝的味道奇香，刺激得周大鹏舌头上的味蕾津液横流，意念中竟有一种非食不快的感觉。

周大鹏放下筷子，他指着第一盘的溜炒鳝丝说道："我觉得还是第一盘鳝丝味道纯正！"

周大鹏话音落地，牛犇一把抓住了周大鹏的手，激动得连声感谢。第一盘溜炒鳝丝就是牛犇做的。周锦江也觉得不可思议，他尝罢鳝丝，皱眉说道："大鹏，明明是第二盘鳝丝好吃……你难道最近感冒了？"

周大鹏说道："我吃过很多家酒楼的溜炒鳝丝，可是哪位厨师也不能把鳝丝炒得如此之香，我怀疑牛伯父做的鳝丝里面添加了强力香精素、特效增鲜剂等人工原料！"

牛老二听到周大鹏怀疑自己做的鳝丝不是天然味道，他眼睛一瞪吼道："你小子懂什么，我用的鳝鱼全都是青泥溪中野生的黄金鳝！"

青泥溪是牛老二老家金牛岭下的一条小溪，在青泥溪捕捉黄金鳝的权利早已经被牛老二买断了。青泥溪发源于金牛岭，溪水中的淤泥可是一种药泥，敷在身上可以治疗好几种慢性疾病呢。青泥溪中的黄金鳝绝非是凡品，论滋味自然远胜陆地养殖的普通黄鳝一筹。

黄金鳝别看味道奇香无比，可是受青泥溪自然环境的限制，每年溪水中可以捕获的黄金鳝还不到3000斤，也就是说每天只有10来斤的野生鳝鱼可以供应酒楼做菜。这也就是牛老二不想把酒楼做大的真正原因。

牛犇今天为了取得斗菜的胜利，他特地托朋友买来了10斤从外

国进口的黄鳝，不想还是折戟沉沙，败得很惨。

牛老二做菜获胜，心情大好，他开了一瓶 20 年的泸州老窖。周锦江三杯酒下肚，他用筷子指着牛老二的拿手好菜说道："牛老板的溜炒鳝丝真是一绝啊，只不过今天这道菜的味道好像差了一点！"

牛老二对着周锦江连竖大拇指。因为昨天下雨，今早路滑，负责给他送黄金鳝的保鲜车陷到了泥里，黄金鳝送到酒店的时候都已经是下午 3 点钟了。

由于牛老二处理黄金鳝的时间仓促，所以今天溜炒鳝丝的鲜香就差了一些。

牛老二连声道歉，说改天一定要重新做溜炒鳝丝来表示歉意。周大鹏吃罢溜炒鳝丝，他想了想说道："牛老板，您说野生的黄金鳝稀少，跟不上酒店扩大发展的需求，那么您为什么不考虑一下在青泥溪中人工养殖鳝鱼呢？"

牛老二连连摇头说道："我试验过很多回。可是那些鳝鱼苗都适应不了青泥溪独特的自然环境，最后人工养殖鳝鱼的计划全都失败了！"

周大鹏转头对一直不说话的牛犇轻声问道："你们在青泥溪中放养过外国的鳝鱼鱼苗没有？"

牛犇摇了摇头，说道："我父亲怕外国的鱼苗改变了黄金鳝的品质，他不叫我们做这种危险的实验！"

周锦江听完呵呵笑道："牛老板，这就是你的不对了！"物竞天择这可是自然界不变的法则，没准黄金鳝被外国的鱼苗改良后，品质就会变得更好！

牛老二听周锦江分析完，他想了一会，迟疑地说道："那我就试试？"

半年后，周锦江接到了牛老二报喜的电话。牛老二兴奋地告诉周锦江，他放养的外国鳝鱼鱼苗已经在青泥溪中安家落户了。牛老二邀请周家父子到青泥溪来一趟，他要重做溜炒鳝丝给他们吃。周锦江原本不想去，可是牛犇却亲自开车来到了锦江集团。面对如此盛情的邀请，周家父子只得驱车前往。两个小时后，他们就来到了青泥溪的旁边。

青泥溪边盖着一溜简易房，3名饲养黄金鳝的员工就住在这里。牛老二借用员工的炉灶，他正在给周锦江做溜炒鳝丝呢。

听着从厨房飘出的浓香，周锦江不由得连连点头，一盘溜炒鳝丝端到了餐桌上，周锦江尝了一口，不由得连竖大拇指。今天炒的鳝鱼丝不仅鲜滑脆嫩，而且炮制的火候恰恰正好。

牛老二兴奋地道："大鹏提的建议才叫好啊！"南美的鳝鱼投到青泥溪中，生长得极为迅速，今天做菜用的就是南美的鳝鱼啊。这南美的鳝鱼极其适合在青泥溪的环境中生长，品质绝对不会比黄金鳝差。如果鳝鱼供应充足，那么牛家父子扩大酒店经营规模就有了坚实的保证了。

周锦江很是高兴，所以多喝了几杯酒，他听牛老二说完，用筷子一指盘子里的溜炒鳝丝说道："牛老板，我好像听说这道溜炒鳝丝，还有一个很雅的名字，您讲给大鹏他们听听？"

牛老二把杯中的酒倒进了喉咙，他开口说道："因为制作这道溜炒鳝丝之前，需要先扒去鳝鱼的皮，鳝鱼犹似小龙，去皮即脱袍，所以这道菜又叫子龙脱袍！"

周锦江点头说道："子龙脱去战袍——寓意好啊。我周锦江纵横商海几十年，风风雨雨早已经身心疲惫了！"周锦江这个商界的"赵子龙"也真的该休息了。周大鹏听父亲讲完要退休的话，急忙站起来说道："父亲，锦江制衣集团离不开您啊！"

周锦江连连摆手，他拉着牛老二呵呵笑道："周某虽然老朽，可是却不糊涂呀！"

周大鹏一直对父亲立足国内兼顾国际的保守理念不赞同，他一

直认为，制衣公司想要壮大，就应该大力参加国际市场的竞争。周大鹏为了尽快掌握锦江制衣公司的实权，他就暗中找到自己的老同学牛犇，他利用牛犇和父亲斗菜的机会演出了一场溜炒鳝丝的比赛，他是想通过溜炒鳝丝，也就是子龙脱袍这道菜告诉父亲——差不多的时候，您就脱下战袍让位吧！

可是周锦江却故意装糊涂，牢握着制衣公司的帅印不放。果然3个月后，欧美的服装市场因为金融危机的影响成了呆市，如果不是锦江集团国内销售市场的基础稳固，锦江集团必然要经历一场大劫难啊。

在青泥溪中放养南美鳝鱼苗是牛犇想出来的主意。牛犇帮了周大鹏做子龙脱袍，周大鹏则婉转地把需要用外国鱼苗改良退化的黄金鳝鱼的主意转达给了牛老二。

周大鹏现在已经明白了立足国内服装销售的重要性，牛犇也用南美的鳝鱼改良了黄金鳝鱼的鱼苗，看样子现在正是周锦江和牛老二两员老将脱下战袍的时候了。

两位商场前辈看着他们儿子满意得直点头，周大鹏和牛犇两个人也不好意思地笑了。做子龙脱袍这道菜最讲究火候，培养一个合格的接班人也是同一个道理啊！

四个人端起盛满甘醇美酒的酒杯，笑声在青泥溪旁弥漫了开来。

今天你"甲克"了吗

徐天雷是天江市人，是迅驰电脑公司的总经理。因为他思想前卫，经营得法，他名下的电脑公司已经成为天江市 IT 行业的龙头老大。

徐天雷这些年把精力都用在了生意上，直到 32 了，还是钻石王老五一个。徐天雷为人豪爽，他在天江市有很多从事 IT 业的好朋友，这帮好朋友也都在暗中帮他使劲，什么美女云集的生日 party，MM 扎堆的野餐聚会也没少搞，虽然徐天雷每一次都参加，可他好像是"绝缘体"，对于姑娘们频频的放电就是没感觉。

被徐天雷折伤爱神之箭的美眉们经过分析总结，最后认定徐天雷身体的某一部分一定有病。

徐天雷还真的有心病了。他住的鑫露园小区最近出现了一个姑娘，这个漂亮的姑娘开着一辆火红色的马自达车，动不动就精灵似的在徐天雷面前一闪而过。徐天雷几次想上前搭讪，可是始终没有机会。

这天中午徐天雷回家从电脑中打印了一份资料，打印完资料他小睡了一会，整两点的时候下楼，他刚要打开宾利车的车门，却一下子愣住了——不知道是哪个缺德鬼竟在自己车的两边车门喷上了四副鲨克体育用品的油漆广告。

徐天雷的车可是价值 100 多万的宾利跑车啊。这喷涂小广告的家伙真是太坏了，他大小也是一个老板，叫他开着一辆喷涂着广告

的宾利车可怎么出门呢？

徐天雷在鲨鱼图案尾巴上找到电话号码，他直接把手机打到了鲨克体育用品厂，鲨克体育用品厂的老板证实，他们厂子确实没有雇人去喷涂什么鲨鱼广告，鲨克所有的广告业务都交给市里的灰太狼广告公司了。

徐天雷也知道这个灰太狼广告公司。他气呼呼地开车直奔东城区而去，宾利车一路停停走走，街道两边的行人看徐天雷车门上的鲨鱼图案可笑，不时地抬起手来指指点点。徐天雷臊得就跟做错了题的小学生一样脸色通红。

灰太狼广告公司的总经理金浩男听到消息，急忙从楼上走了下来。金浩男20多岁，左耳朵上还挂着两只钛金的环子，看他的形象哪像个老板，倒像极了一个韩国警匪片子里的社团混混。

徐天雷把眼睛瞪得比鸡蛋还要大，他"咚"地一敲车门。吼道："说，怎么赔偿吧！"

金浩男眨巴了几下眼睛说道："徐先生，对不起，这件事情我们真的无能为力！"

金浩南接了鲨克品牌的广告不假，可是他已经把鲨克广告的代理权转包出去了。徐天雷看着金浩南油嘴滑舌的样子，他一晃拳头，吼道："你把广告的代理权转包给谁了？"

金浩南嘿嘿一笑，说道："我劝你自认倒霉吧，去了你一分钱的赔偿也讨要不来！"

徐天雷一把揪住金浩南的脖领子叫道："你要是不讲清楚，今天我就跟你没完！"

金浩南这小子的胆子比麻雀还小，他一见徐天雷要对他动粗，他赶忙说道："是熊闯闯广告公司！"

熊闯闯广告公司？这个古怪的名字徐天雷还是第一次听说。金浩南接着说道："那个公司的老总……我可是斗不过她，我看你还是算了吧!"

难道那个熊什么的广告公司有黑社会的背景?徐天雷可不怕这个,他冷笑一声,说道:"黑社会我也要叫他变成白社会!"

徐天雷拿出手机,一连拨出了十几个电话,没用半个小时,十几辆他朋友开的跑车就来到了灰太狼广告公司的门口。也不知道是谁走漏的消息,徐天雷在电视台的同学也领着摄制组来了。

天水市市民和市政府对非法的小广告早已经深恶痛绝,电视台正要做一档直击小广告的专题节目呢。不经车主同意,擅自在私家车上乱喷广告,这个更是"城市牛皮癣"新动向,很值得深挖和曝光。

徐天雷怕金浩南泄露风声,以引路为名把他"请"到了宾利车上,半个小时后,车队就浩浩荡荡地来到了位于南城的熊闯闯广告公司。

熊闯闯竟然是一家新开的广告公司,钛金的门脸,外国进口的雕花玻璃,论规模竟然比灰太狼广告公司还要气派。在公司的门口,站着两个保安,这两个保安都是 1 米 9 的大个子,体重都在 260 斤以上。

那两个保安一见来了一个车队,下车的人中还有扛着摄像机的电视台记者,他们误以为要给他们公司拍电视节目,两个人"啪"地一个立正,活脱脱的两只大黑熊啊!

熊闯闯广告公司的老总一露面,徐天雷那兴师问罪的话却半句也说不出了,这个老总哪是什么黑社会,她就是那个总在鑫露园小区开车出入的美女。

那个美女倒也落落大方,她自我介绍名叫熊芊芊。徐天雷结结巴巴地把情况说了一遍,熊芊芊拿出手机,直接找到了那两个乱弄广告的喷涂员。

那两个喷涂员解释了好一会,熊芊芊才明白了过来,毛病就出

在他们两台车的车号上——熊芊芊那台马自达的车号是赣D—3865。而徐天雷的车号是赣A—3865。

熊芊芊今天上班没开车，她把车留在鑫露园，为的就是方便公司新雇来的喷涂员干活，那两名制作鲨克体育用品广告的喷涂员就住在鑫露园旁边的小区。

熊芊芊打电话的时候，她只是提供了车号，没想到那两名喷涂员错把冯京当马凉，犯了一个张冠李戴的大错误。

徐天雷越听越糊涂，他对熊芊芊问道："往车门上喷广告，这难道是最新的潮流？还是你有什么特殊的目的？"

熊芊芊一解释，徐天雷才明白，原来现在很多家广告公司都喜欢打公共汽车的主意，可是公交车广告大家司空见惯，已经没有什么新意了。现在南方一些大城市都在做往私家车上打广告的生意。

往私家车上打广告，不仅可以降低广告客户的成本，还可以给私家车的车主带来一定的收入，互惠互利，又何乐而不为呢！这个行当还有一个很新潮的名字叫——甲克族。

徐天雷既然开得起宾利，自然不会在乎几个汽油钱，他虽然不是什么名人，可也是天江市IT行业的老大啊。每天开着带有广告图案的宾利车，不知道真相的人还以为他经营不善，公司出了问题，每天靠车身上的广告赚取汽油钱呢！

熊芊芊捂嘴一笑，说道："好办，你开我的马自达，宾利归我处理，用不了几天，我就会叫技术人员把喷在车门上的广告图案处理掉！"

一场误会就这样轻易地被化解，电视台的摄影记者觉得甲克族这个新生事物是个亮点，他们围着熊芊芊一个劲地采访，最后这件事被拍成了专题片，片名就叫《甲克族落户天江市》。

熊芊芊的广告公司的除漆专家去上海学习去了，估计一个月回不来。徐天雷只好每天开着马自达车上下班，熊芊芊则开着徐天雷的宾利车到处跑业务，那四条搞怪的鲨鱼倒成了市民们津津乐道的话题。

随着熊芊芊名气的不断攀升，争当甲克族，往私家车上喷广告的客户也在不断增多，人们看到徐天雷宾利车上的鲨鱼图案也就见怪不怪了。熊芊芊真是太精明了，她竟利用徐天雷的名气在天江市成就了自己的广告事业。

随着两个人交往的深入，感情也一步步地升温。半年后，两个人恋爱成功，他们在天江市的帝豪酒店举行了婚礼。

来宾们非得叫两个人介绍恋爱经过，徐天雷笑道："我们俩的爱情是由四幅喷错的广告引发的！"

婚礼一直热闹到了晚上的 10 点钟，当两个人回到了鑫露园小区的新房，透过贴着喜字的窗户，可以看到楼下的那辆宾利和马自达并排停在了橙色的路灯下。

熊芊芊浅笑道："天雷，我有一个事儿至今想不明白……你说我雇来的喷涂工再笨，他们也应该认得自己老板的车啊，他们怎么可能把广告喷到了你的宾利车上呢？"

徐天雷不以为然地笑道："谁叫我们的车牌号一样，这就叫缘分！"

熊芊芊摇摇头，说道："不对，宾利车在天江市一共也没有几辆，我记得第一次见到你，你那辆宾利车的车牌子并不是赣A—3865！"

徐天雷的脸"刷"地一下红了，他一把抱住熊芊芊说道："好老婆，我老实交代，争取您的宽大处理！"他开的宾利车车牌当初是赣C—7768。他为了能够接近熊芊芊，找熟人新换了一套赣A—3865 的车牌。徐天雷暗地里给了那两个喷涂工一人 1000 块钱，人家才肯在他的车门上喷上了 4 条大鲨鱼。金浩男也是徐天雷的好朋友，两个人更是合演了一出好戏，为的是叫电视台看啊！

　　熊芊芊在金浩男的手中接到了鲨克体育用品广告业务，可是她想把广告喷涂在天水市私家车上的想法却没人响应，徐天雷觉得这是个机会，经过他的周密计划，甲克族终于被人认同了！熊芊芊举起拳头"咚咚"地敲着徐天雷的胸脯，叫道："你好坏啊！"

　　徐天雷紧紧地抱住了熊芊芊……

做个威客也幸福

李志禹两只眼睛紧盯着人人威客网的网页，时间正好到了晚上12点，奥秀西服在人人威客网站上作衣标的任务正式结束。李志禹的神经也一下子兴奋了起来。

果然半个小时后，电脑上弹出了新邮件的提醒框，人人威客网的网管黑勇把一封邮件给他发了过来。

奥秀西服在人人威客网上悬赏开出了制作衣标的任务。佣金是3000块。应征的威客十分踊跃，截止到今天晚上12点，一共收到了合格的衣标380多套。奥秀西服的厂家早已经介入了衣标的选择和确定，发到李志禹邮箱里的资料就是经过奥秀厂家选择后，入围的三件作品。

这三件衣标虽然是入围的作品，可是厂家并不十分满意，黑勇就把那三件衣标发到了李志禹这里，最后由他加工润色。李志禹打开邮箱，第一个衣标是由汉语拼音 ao xiu 组成的一朵郁金香花。第二个衣标是奥秀两个汉字，这两个汉字被设计成了一台老爷车的模样。看到第三个衣标的时候，他不由得哑然失笑，这一定是个女性作者的作品，整个衣标上是一个 X，只不过这个 X 被设计成两只人手的形状，这个 X 代表着奥秀的秀，而 a 字被设计者弄成了一个非常可爱的绿苹果，放到了两只手的上面。

李志禹瞧着入围的三件衣标，他得出了一个结论，雇主一定是倾向于奥秀拼音或者汉字组合而成的衣标，而第三幅作品之所以入

围，就是因为那个可爱的苹果。经过他的修改，最后用 ao xiu 组成了一个老鹰的形状，老鹰的头部就是那个 a 字，O 被设计成一个绿苹果，嵌在了老鹰的胸口上，这只代表着搏击和进取精神的苹果鹰衣标被奥秀的雇主一眼相中，鼓掌说好。

1500 块就这样进了李志禹的账户，另一半归了黑勇。李志禹设计的苹果鹰一经公布，人人威客网上也是一片叫好之声。人人威客网的网管为了以示公允，还应那帮粉丝的要求，将李志禹的 QQ 号贴到了网站上，这天晚上，李志禹 QQ 的小喇叭闪烁不断，李志禹实在抵挡不住，他最后竟关闭了 QQ 的提醒功能，凌晨两点的时候，李志禹更新完自己在新浪网上建的博客，他又打开了 QQ，一个扎着冲天辫的美女头像仍然十分顽固地加着自己。

李志禹刚点了通过，那个美女就立刻通过 QQ 对话框发来了一束火红的玫瑰花，李志禹这个穷大学生还从来没有被粉丝崇拜过的感觉呢。

李志禹来自西部一个偏远的小县城，他要在放暑假的这段时间里拼命帮黑勇做人人威客网上的任务，他要攒够下学期的学费。那个美女自我介绍是个新手威客，可是她做了十几个任务后，却没有一个创意能被雇主相中。

李志禹安慰了美女几句，并以一个老手的身份，说了一些新手威客的注意事项。那个美女一会儿发过来一个竖起的大拇指，一会发来一个跪地崇拜的图标，到最后，那个美女为了感谢他，竟邀请李志禹到塞纳河西餐厅吃西餐去。李志禹想着昨天刚进账的 1500 块钱，他发过去一个点头的图标，算是愉快地接受了邀请。

李志禹提前一刻钟来到了塞纳河西餐厅，他刚展开一本作为接头暗语的《电子商务世界》杂志，就见靠窗的座位上站起了一个身穿纱裙的姑娘。这个姑娘细眉笑眼，模样长得特像韩国的女影星张娜拉。

　　这个姑娘自我介绍，名字叫陈燕妮。陈燕妮给李志禹点了一份牛排，一份日式的蟹子寿司，她自己则点了一份墨西哥鳄梨酱，然后要了一客比萨饼。

　　陈燕妮将鳄梨酱抹到比萨饼上，然后一小口一小口地吃，这么古怪的吃法，李志禹还是第一次看到。陈燕妮自我介绍是市服装一条街上的女老板，她刚盘下了一个时装屋，因为现在正在考察男装市场，还有一些闲暇的时间，所以她就跑到人人威客网上想赚点外快补贴点高额的房租。

　　陈燕妮的爽快倒把李志禹逗乐了。两个人吃过西餐，陈燕妮从香奈儿的皮包里拿出了一份资料，她拿出了一个装着 1000 块钱的红包，想求李志禹给他的时装店起个好听的名字。

　　陈燕妮拿给李志禹的资料，就是她将要经销的男装资料。在人人威客网站上，给服装店起一个名字的佣金能有 500 块就是大价钱了。陈燕妮给了李志禹 1000 块的红包，这绝对是个肥活啊！

　　李志禹想了想说道："给我一个星期的时间吧！"两个人恋恋不舍地分手，李志禹给黑勇发了一个邮件，没过两个小时，一个千元起店名的新任务就出现在人人威客网的首页上。

　　一个星期后，这项起名的任务一共收到了应征创意 500 多条。李志禹打通了陈燕妮的手机，将那 500 多条应征创意全部发到了陈燕妮的邮箱里。

　　陈燕妮经过挑选，最后她相中了两条应征的创意店名。他们两个人在塞纳河西餐厅见面的时候，李志禹一看那两条被选择出来的创意店名，他笑了。

　　这两条创意店名一条是瘦郎时装秀场，另一条是 362 度装扮 ing（正在进行的意思）。陈燕妮盘下的那个时装屋全部经销男装，可是征集上来的第一个店名虽然直击主题，却没有第二个名字大气；第二个名字虽然有点国际的味道，却在细节上输给了第一个店名。

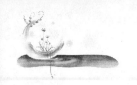
李志禹用手指蘸着咖啡，在餐桌的玻璃板上写下了"瘦郎广度装扮 ing"9 个字。陈燕妮高兴得一拍巴掌说道："还是你起的这个名字好，有细节，还洋气！"

陈燕妮将红包交给了李志禹，她低头看着桌子上的字，不无担心地说道："你这是借鉴了别人创意的成果，这个名字不会引起什么纠纷吧？"

李志禹脸色一红，说道："这种事情我又不是第一次做，网管黑勇会把我刚写的店名当做中标作品，然后发到网站上，不过这事儿你可要保密啊！"

李志禹别看原创不成，可是却善于总结和拔高。他是个二次创意的高手。陈燕妮给他留下了一张名片，飘溢着幽香的名片上写着重申路 5 号，那是个高档住宅区，看样子是陈燕妮的家。

李志禹揣着名片回到了学生宿舍。他给人人威客网的网管黑勇的账号里打了 500 块，然后把陈燕妮的名片贴在自己的胸口上，一觉甜甜地睡到了天亮。

第二天一大早，还没等他睁开眼睛，手机就响了，打电话的是黑勇，黑勇劈头盖脸地就把李志禹臭骂了一顿，原来陈燕妮已经把李志禹剽窃别人的应征创意和与人人威客网站的网管对半分钱的事情捅到了互联网上。

人人威客网的竞争对手们把矛头纷纷指向了黑勇，在人人威客网上注册的威客们也纷纷发帖子，谴责和咒骂声汇成了滔滔的洪水，人人威客网的信誉一落千丈，黑勇成了人人喊打的过街老鼠，李志禹这个帮凶也成了各大网站封号的目标。

李志禹气得抄起手机，拨通了陈燕妮的电话，陈燕妮根本不吱声，任由李志禹发够了脾气，她说道："本来就是你和黑勇不对，做错事情，就得勇于承担后果啊！"

李志禹一下子没词了，他刚说了声自己对不起黑勇，陈燕妮说道："黑勇网站被封是他自找的，你不是要赚钱交学费吗，今天晚上到塞纳河西餐厅，我还有任务交给你！"

陈燕妮为了物色人才，她就在威客网站上连连给出了任务。李志禹制作的衣标叫她非常满意，当他得知李志禹的专长后，便突发狠招，令作弊的人人威客网站关门，李志禹也就失业了。

李志禹戴着墨镜，来到了塞纳河西餐厅，看着貌似天仙的陈燕妮，李志禹一肚子的邪火想发却发不出！陈燕妮就好像没发生任何事情一样，她从香奈儿手包里又取出了一个装着 1000 块钱的红包，轻轻地放到了桌子上，说道："这个任务是关于我弟弟的！"

陈燕妮的弟弟非常不善于表达，他最近交了一个女朋友，他想求威客高手帮着写 5 句最能打动姑娘芳心的话，一句话 200 元，这个价可绝对不低啊！

李志禹挠了挠头皮说道："你这次任务没有包藏什么阴谋诡计吧？"

陈燕妮把红包往李志禹面前一推，她嫣然一笑，像舞剧天鹅湖中的仙子一样转身离开了餐厅。李志禹绞尽脑汁研究了一个星期，他终于想好了 5 句能令姑娘芳心一动的话。他刚把这 5 句话发到了陈燕妮的手机里，他的手机就响了，陈燕妮在电话里说道："你写的我全不满意，怎么你想出来的话没有一句能感动我呢？"

李志禹又想了 3 天，他又打通了陈燕妮的电话，说道："我又想出 5 句话来，相信你一定满意！"

两个人又一次约在塞纳河西餐厅见面，李志禹说出了他想出来的第一句话——你的名下有一个策划公司，可你们公司的业绩却并不突出。

李志禹见陈燕妮不说话，他又接着说出了第二句话——业绩不突出的原因就是你们公司缺少一个善于总结和拔高各种创意的专门人才！

……

李志禹讲完了头4句话，他变戏法似的一转身，从衣服下面取出了一朵喷着金粉的玫瑰花，他说道："第五句话就是——善于归纳和总结的专门人才李志禹向美女老板报道，为了我们共同的事业，我一定要为你粉身碎骨，万死不辞！"

李志禹调查了3天，他才知道陈燕妮的所有计谋和底细。陈燕妮听完，连连摆手，笑道："还是老套！"

李志禹一把将陈燕妮抱在怀里，道："这就不老套了！"讲完，他在陈燕妮的嘴唇上来了个 kiss。陈燕妮咯咯地笑着，她用双手搂住了李志禹的脖子。两只笑眼里，都是甜甜的醉意……

大知宾

一、儿，你爹不容易!

张鸣在青山镇长途汽车站刚下车，迎面就和一个满脸急色的小伙子"砰"地撞了个满怀。张鸣刚要急眼，那个小伙子一把拉住了张鸣的胳膊，惊喜道："张鸣，我是二毛子!"

张鸣大学刚毕业的时候，曾经和阎二毛在一个公司打过工。阎二毛他爹昨天刚咽气，今天他正在满街购买丧事用品呢。

阎二毛用手一抹眼角，说道："张鸣，我爹没了，你这次回来可一定要过来给我帮忙呀!"

张鸣听阎二毛说完，差点背过气去，真是越没钱，越遇到事儿。他大学毕业在城里打工三年，最近新处了一个女朋友——牛娜。可是牛娜她妈一听张鸣的情况，却把脑袋晃成了波郎鼓，她反对这桩婚事的道理很简单，张鸣没有房啊!

张鸣拿出了这三年的积蓄，他爹又支援他6万块。张鸣为了心爱的女朋友，不惜厚着脸皮，又朝同事们借了一些，总算交上了商品楼的首付。可是一个月后，借给他5000块的同事小王要结婚，不管怎么说，小王的钱，他得还!

公司年庆，正巧放假三天，他这就硬着头皮回到青山镇，找他爹想办法来了。张鸣打车来到自己家的老院子，可是院门上却挂着锁头，张鸣一打他爹的手机，他爹的手机关机。正在张鸣着急的时候，

就听邻居的院门一响，竟是哑巴李婶端着个铝盆出来泼水了。

李婶一看到张鸣，惊喜得"咿咿呀呀"地直叫，张鸣自小就看得懂李婶的手势，见她一个劲地比划鱼虾的手势，他终于明白了李婶的意思——他爹是到镇里的海鲜酒楼给人主持婚礼去了。张鸣他爹名叫张油嘴，张油嘴是镇里有名的大知宾。

李婶大名李春花，20多年前就死了丈夫，无儿无女，孤单地一个人过日子。张鸣急忙说道："李婶，我这就去找我爹，等我回来再去看你！"

张鸣来到海鲜酒楼的时候，结婚典礼正在进行，张油嘴站在台上，手拿话筒，正唾沫星子四溅地说话呢——您先来，他后到，不认识的朋友要介绍；茶暖心，糖似蜜，招待不周别介意。

等着吃席的客人一齐起哄道："张油嘴，你别窑炉里面的瓦盆一套一套的了，开席，开席，吃完我们还有事呢！"

张油嘴点头哈腰，赔着笑脸说道："紧找位子慢找桌，端起酒杯放量喝，只要有人没入座，开席还得等几刻！"

张鸣站在酒楼的门口，冲着张油嘴连连招手，张油嘴看到儿子，这才冲着话筒高声道："龙凤呈祥结百年，举杯畅饮齐开颜——开席，开席喽！"

随着酒楼的服务员开始上菜，大知宾的任务完成，张油嘴拱手向新郎新娘告辞。新娘手里捧两个红包走了过来，新郎却把一瓶青山老窖递到了张油嘴的手里。

四周立刻响起了起哄的声音——老张吹一个，大知宾吹一个。新娘子手里的红包装的钱可不一样，一个装着200块，一个装着300块。新娘子给他哪个红包，这要看张油嘴喝酒的态度。

张油嘴踌躇了一下，这一瓶高度酒就被他"咕咚咚"地倒进了喉咙。随着四周掌声响起，新娘这才将装着300块钱的红包塞到张油嘴手里。

张油嘴摇晃着身体，被张鸣搀扶着出了酒楼的大门。可是刚走出大门，那挺直的腰就弯成了虾米，然后"哇"地一声，张油嘴满肚子的东西就全都吐了出来。

酒店门口几个看热闹的小孩子一起拍手喊道："老张，老张，巧嘴抹油，脑门放光，一瓶酒下肚，回家尿裤裆！"张鸣轰走了几个小孩，然后打了个车，父子二人回到家。张鸣下了车才发现，张油嘴的裤裆真的湿了……

二、爹！叫我说你啥？

张油嘴竟把出租车的坐垫给尿湿了。张鸣把钱包里仅有的200多块钱都赔给了出租车司机，出租车司机这才一脸不愿意地把车开走了。

张鸣回到屋里，他爹张油嘴正倒在床上呼呼睡大觉呢。张油嘴湿漉漉的裤子被李婶扒下，清洗干净，已经晾晒了起来。

张油嘴一直睡到晚上9点半，才算清醒了过来，他喝了几口酽茶，然后叹了口气说道："老了，喝了那点酒，怎么就醉了？"

张鸣陪着张油嘴说了几句话，然后把瘪瘪的钱包递给了张油嘴，他指着钱包里牛娜的照片，张油嘴乐得嘴巴差点咧到了耳朵上，他对着李婶一个劲地夸张鸣找媳妇有眼光。

张鸣刚想提那5000块钱的事，张油嘴的手机就响了，张油嘴一看手机上的号码，他急忙走到院子里去接电话。

张鸣隔着窗户往外一看，就见他爹站在清冷的月亮底下，正低头弯腰，面带苦笑地说道："三哥，您放心，欠您的3000块钱，一个月后我一定还上！……"

张鸣找他爹借钱的事，看样子真不好开口了，他只好把给阎二

毛随礼的事随口说了出来。李婶用手比划了一阵，张油嘴才知道张鸣钱包瘪瘪的原因。他脸色一红，拿出刚刚赚来的300块，"啪"地一声拍到了张鸣手里，然后说道："睡吧，明天8点钟有一个婚礼我还得去当大知宾呢！"

第二天一大早张鸣来到了镇东阎二毛的家。院子里已经搭起了一座灵棚，他爹的遗体就放在席棚子里的春凳上。

阎二毛还请了一伙鼓乐班子，鼓乐手"滴滴答答"卖力地吹奏着。有几个张鸣中学的同学也在帮忙，张鸣低声对几个同学问道："大家随礼，都上多少？"

那几个同学有的伸出了3个手指，有的伸出了5个手指头，最少的300，最多的随礼500。张鸣不由得倒吸一口凉气，看样子青山镇随礼的行情也不比城里低。

张鸣急忙找个理由，走出了阎家的院子，他一打张油嘴的手机，他爹的手机竟然关机，张鸣可是叫人羡慕的精英白领，他总不能只随300块的礼，叫同学们笑话吧？

张鸣正急得找不到北的时候，就见他爹气喘吁吁地从街口跑了过来。

张鸣还没等说话，阎二毛上前一把拉住了张油嘴的手，埋怨道："你这个大知宾是怎么搞的，竟来晚了半个小时！"

张油嘴一边喘气，一边作揖赔礼，说道："老爷子出灵的吉时在9点，现在是8点半，啥都不耽误！"

阎二毛不依不饶地说道："那中午吃饭的时候，你得加活！"

张油嘴自知理亏，最后只得点头同意。张鸣见四周没人注意他，他急忙倒了一杯茶水，假装地送到了张油嘴的手里，然后小声道："爹，我随礼还缺200块钱！"

张油嘴悄悄地用手一指院外的厕所，然后低声说道："在那儿等我！"

张鸣来到了厕所，张油嘴装着解手，然后偷偷地塞给他 200 块，这钱是张油嘴今天早上主持婚礼赚来的，加上昨天的 300，正好够张鸣随礼的。

张油嘴走出厕所，一脚踩空，"咕咚"一屁股正坐到湿漉漉的地上。张鸣刚伸手把张油嘴扶起来，院子里就传来了阎二毛呼喊大知宾的声音。

张油嘴瘸着一条腿，急忙答应着——来了，来了，然后跑了过去。

三、家！我们一起扛！

9 点整，火葬场的运灵车准时停在了阎家门口，张油嘴手拿话筒招呼道："吉时正点，亡人上道，孝子贤孙，顶灵戴孝！"

张油嘴随着亡人一起上了灵车，阎二毛却把张鸣扯到一边，低声嘱咐道："张鸣，一会你帮厨子做一盘大一点的肉丸子，我们回来好用！"

看着火葬场的灵车走远，张鸣走到厨师面前，他把阎二毛的话说了一遍，厨师一指那盆做丸子的肉料，说道："你自己动手吧！"

张鸣为了不辜负阎二毛的信任，特意揉了四个大大的肉团子。厨子将这四个大肉团放到了油锅里一炸，金晃晃的大丸子就做成了！

中午 12 点，阎二毛抱着他爹的骨灰盒回来，张油嘴随后走下车来，他扯开嗓子叫道："人是铁，饭是钢，一顿不吃饿得慌，开席，吃饭！"

张鸣领着四五个小伙子穿梭般地上菜，吃饭的几个小伙子起哄道："大知宾，加活，加活！"

阎二毛用手指拎起了一根 3 尺多长的粉条，然后跳到椅子上，张油嘴脱去了外衣，然后仰头站到了粉条的下面，他用一根手指捂

住自己的左鼻孔，然后猛地将粉条吸进了自己的鼻腔，张油嘴每吸一下气，他就用嘴大叫一声——老爷子走好。随着他一下下地吸气，那根颤巍巍的粉条竟被他一点点地吸到了肚子里去。

张鸣也是看愣了，拿鼻子吃东西，他这可是第一次看到。

随着那根粉条被吸进了鼻孔，阎二毛拍手叫道："这是猪吃，下面叫大家见识一下狗啃！"

阎二毛跳下板凳，他手里端起一个盘子，那个盘子里，装的就是张鸣亲手做的四个大肉丸子。随着他把大肉丸子高高丢起，张油嘴大嘴巴张开，准确地把丸子咬住，然后嚼也不嚼，囫囵吞下。

张油嘴每吞下一个大肉丸子，他就大吼一声——老爷子千古。

看着张油嘴被大丸子卡得脖粗脸红的模样，张鸣真想找个没人的地方抽自己两个大嘴巴。阎二毛恨张油嘴今天早上来得晚，他借着加活的机会，纯属是想叫张油嘴当众出丑。他不等张油嘴囫囵咽下喉咙里的丸子，就把第二个丸子高高丢起。看着张油嘴强行吞咽，又喊又叫，慌张狼狈的样子，张鸣跟跟跄跄地跑出了阎家的院子……

张鸣找了个小酒馆，一直喝到傍晚，才醉醺醺地回到了家里。张油嘴坐在床上，李婶两眼通红，正在给他捶背呢。听着张油嘴不住声地咳嗽，张鸣上前一把拉住张油嘴的胳膊，他大声叫道："爹，你以后不要干那个大知宾了！"

张油嘴沙哑着嗓子问道："为啥？"

张鸣一拍桌子，吼道："猪吃狗啃——那是人干的事吗？"

张油嘴气得呼呼直喘，他猛地抡起胳膊，"啪"地就给了张鸣一个大耳光，他咬着牙骂道："你这个小白眼狼，竟然看不起你爹了，你爹我不当大知宾，怎么能一天净赚 200 块，添钱帮你买楼！你小子没良心，就是蹲马路牙子上冻死你都不可怜，可是我不能叫我未来的儿媳妇跟着你一起受苦呀！"

隔壁的李婶听到父子两个打起来了，她急忙跑过来，抓着张油嘴的一条胳膊，"咿咿呀呀"地一阵乱比划。

张油嘴最后来弄明白了李婶的意思，他转头对张鸣说道："还是你李婶说的对，我都 60 多岁了，还住着这个老房子干什么，明天我就把房子卖掉，换来的钱全都给你买楼吧！"

张家的老房子虽然有点破，但是至少也值个十万八万的！

张鸣听完，他结结巴巴地说道："房子不能卖，卖了房子，您住哪里？我这个儿子本来就没能耐，但却不能没人性，到老了要是叫您没房子住，我，我还是人吗？"张鸣说到动情处，竟小孩子似的"呜呜"地哭了起来。

张油嘴也觉得自己动手打儿子有点过火，他伸手摸着张鸣的头发，感慨地说道："儿啊，你头顶也有白头发了，我知道，农村孩子进城，少受不了委屈，只要你有出息，你爹我这个大知宾虽然干得苦点累点，可是我就是苦死累死心也甘啊！"

张鸣一边哭，一边叫道："爹，我不买房子了，我这就打电话告诉牛娜……"

李婶一把抢下了张鸣的手机，她又是咿咿呀呀地一阵乱比划，李婶的意思张鸣知道，那是说——要饭还得有个戳棍的地方呢，结婚谁能没有房子？

张油嘴脸色一红，说道："你爹我房子倒是有，过几天，我就搬过去和你李婶一起住，就怕你不同意啊！"

张油嘴能找到老伴，张鸣高兴还来不及，怎么会不愿意？可是李婶的房子太小了……李婶听张鸣说完，她伸手拍了拍心口，然后两手比划了一个大大的心的形状。张油嘴说道："还是你李婶说得对，心宽不怕房屋窄！"心，毕竟比天大呀！

张油嘴的话没说完，他兜里的手机就响了，原来是有人找张油

嘴明天主持婚礼，继续当大知宾去。张鸣听他爹一口应承了下来，他担心地说道："爹，你的嗓子？"

张油嘴"砰"地拍了一下胸脯，哑着嗓子说道："没事！"

第二天早晨 8 点，张鸣悄悄地跟着张油嘴来到主持婚礼的现场，他从张油嘴的手中默默地接过了话筒，看着张油嘴怀疑的眼神，张鸣自信地说道："爹，放心，我在学校当过主持人，您就歇一歇，让我当一次您的嗓子吧！"

第五辑　不一样的体验

雕根雕心

凤岗市地处黔西的山区，它背靠凤岗山。别看这里的交通不便，自然条件闭塞，可是凤岗市有两种稀罕物闻名全国，一种就是水润奇石，一种就是凤岗根雕。

郑名杰就是千姿根雕厂的厂长，他手下也有60多号人马。别看他们厂子生产的根雕不愁销路，可是由于前些年根雕厂野蛮采集树根，致使凤岗山上的林木大面积地枯死，镇里的林业派出所为了保护凤岗山的水土资源，就采取了封山育林的政策。再想像过去一样免费采挖根雕坯料的日子已经是一去不复返了。

最叫郑名杰头痛的还不是根雕坯料的收购，而是3个月后市里即将举办的根雕大赛。到时候，全国各地的60多位根雕经销商都会齐聚凤岗市，观看根雕大赛的盛况。会后他们要和本地的十几家根雕厂签署明年的购销合同。

如果郑名杰能够刻出一件根雕精品，战胜自己的老对手——黔情根雕厂的厂长温成雨，那么千姿根雕厂生产的根雕制品就不愁销路了。

可是最近郑名杰却得到了一个坏消息。温成雨在凤岗山的杂木沟低价购得了一块半吨重的铁杉树树根，温成雨要用这块树根雕刻成一块玲珑剔透的水润石。用树根雕刻水润石这个点子真是太绝了。一件根雕作品，竟然能代表凤岗市的两样特产，真可谓神来之笔，最起码郑名杰想不到。

　　郑名杰目前最缺的就是一块造型奇异的根雕胚料。他倒在床上，翻来覆去地想着胚料的事儿，直到晚上 11 点才算合上眼皮。可是第二天一大早，他就被窗户外面的叫卖声吵醒了：石头饼——，石头饼——，1 块钱 3 个！

　　郑名杰家的楼窗正对着楼下一个非法的早市。什么时候早市上来了个卖石头饼的小贩呢？郑名杰披着衣服下楼，气呼呼地来到早市，那个卖石头饼的小伙名叫石磊。

　　石头饼是凤岗山的一种农家小吃，饼身有半个巴掌大，金黄焦脆，因为非常有嚼头，倒挺适合年轻人的胃口，

　　郑名杰正要狠狠地教训乱嚷嚷的石磊一顿，可是他一瞧石磊的手推车竟然愣住了。原来那上面放着几块当柴火烧的金钱松的树根，那些树根造型各异，最少有两三块都是做根雕的好材料。石磊用它烧火，那可真的是浪费了！

　　郑名杰买了石磊烙的几块饼，然后问道："小伙子，你车上的树根卖吗？"

　　石磊半个月前骑着装满树根的倒骑驴来到凤岗市，他就是想把车上的树根卖掉当本钱，然后在凤岗市做个小买卖。可是那市内的根雕厂给他的价却极低——其实道理很简单，现在的凤岗山上还有很多盗挖树根的人，厂子可以低价收购，谁还肯花大价钱买石磊的根雕坯料呢？一车树根石磊总共才卖了不到 500 块钱。石磊就用这些钱买了一套烙石头饼的全部家什，今天来早市卖饼，他还是第一天出摊呢！

　　石磊车上的树根都是卖剩下的。郑名杰挑了 3 块树根，他张口就给了 300 块的高价。石磊兴奋地把那三根树根放到了地上，就在郑名杰回楼取钱的当口，取缔非法早市的稽查车来了，早市上做买卖的小商贩们都吓得一哄而散。

　　郑名杰拿着 300 元从楼上下来，早市上已经没有石磊的影子了！

那 3 根他挑出来的树根却还整齐地堆放在地上。

凤岗市也有十几个早市，郑名杰开车一连转悠了两天，也没发现石磊的影子。最后他才在一个卖石头饼的老头那里打听到石磊是凤岗山杂木沟的人。杂木沟离市里只有 30 里的路，郑名杰开车直奔杂木沟而去。他不仅要给石磊送那 300 块钱去，更重要的是他想看看杂木沟是否有合适自己的根雕胚料。

两个小时后，郑名杰开着别克车来到杂木沟的沟口，他远远地就看见沟口处停着一辆半旧的福田皮卡车。

郑名杰正要熄火下车，就听沟中"砰砰"地响起了两声枪响，温成雨的儿子温小龙领着七八个手下从沟里慌慌张张地跑了出来。

温小龙的手下抬着一块一人高的槐树老根，敢情他们是到杂木沟盗挖树根来了。追出来的看山人是一个老爷子，他手里端着双筒猎枪，枪口中射出的枪砂直打得沟口的槐树叶"沙沙"作响。

那个槐树的老根被几个人"咕咚"地一声丢到了皮卡车的后车箱中，然后七八个人跳上车一溜烟逃跑了。

看着那个八爪章鱼似的槐树根，郑名杰也不由得暗中羡慕，以他的眼光看来，那可是一个难得的坯料啊。可是温小龙等人盗窃的行径实在叫郑名杰不齿。

手端猎枪的看山人气得呼呼直喘，他看着那辆皮卡远去的影子"呸"地吐了一口唾沫。郑名杰一打听石磊，那个看山人把眼睛一瞪说道："你找那个兔崽子干啥？"

郑名杰刚把自己的想法一说，那个看山人把手中的猎枪一晃，冷笑道："你要是也想盗采山上的树根，就先问问我手里的猎枪答应不答应！"

根雕就是三分人工，七分天然的艺术。没有好的坯料，自然雕不出好的作品来。

还没等郑名杰再说话，就见石磊大老远气喘吁吁地跑了过来，

原来这个看山人就是石磊的父亲石老山啊。

石老山一听郑名杰是给儿子石磊送 300 块钱来的，他不好意思地道："郑老板，真不好意思，把您也当成坏人了！"

石磊那天被市场稽查撵跑后。他就接到他堂叔的电话，石老山前几天和一伙盗挖树根的贼打了起来，石磊是个孝子，因为不放心父亲的安全。他把做石头饼的家什寄存到城里朋友的家里，就这样石磊回到了杂木沟。

杂木沟村是个只有 30 多户人家的小村子，村后的杂木岭上可是一片碧绿，上面生着黄杨、铁杉、龙眼、紫香等不下几十种南方树木。

郑名杰和石老山一唠嗑，他才明白石老山为何那么恨盗挖根雕坯料的贼了！十几年前因为盗采根雕胚料成风。造成了杂木岭上固土的林木大面积枯死。在 5 年前的一场大雨中，泥石流呼啸着冲了下来，石老山家的房子被夷为平地，石老山的老伴也惨死在了那场灾难中。

石老山在五年前承包了杂木岭。他担土造林，开荒种树，功夫不负有心人，如今的杂木岭上又重新恢复了绿色和生机。

郑名杰吃过午饭，他和石老山一说自己要购买根雕坯料，石老山点了点头，对儿子说道："石磊，你带郑老板去看看吧！"

石磊住的东屋子里堆放着半屋子的根雕胚料。这些胚料都是石老山在清理山上死树的时候挖出来的。郑名杰最后选中了三块根雕胚料精品，他拿出 1 万块钱递给了石磊。石磊捧着厚厚的一叠钱，也愣住了。他也没有想到这些不起眼的根雕坯料竟然会这么值钱。

郑名杰用手指着一块造型像极了一个老者的黄杨木根说道："我要把这块黄杨木根雕刻成一个南极仙翁，然后参加大赛。纵然比不过温成雨的水润石木雕，可也不会输得太惨！"

温成雨那块雕刻水润石的胚料就是石老山卖给他的，一共才卖了 800 块，温成雨明明就是欺负石家父子不懂行啊。

石老山咬了咬牙，说道："你把这块黄杨木根雕刻成一个南极仙翁的模样有战胜温成雨的把握吗？

温成雨那也是凤岗市的雕刻名家啊。石老山见郑名杰摇头，他挥了挥手，说道："明天我带你去挖一块紫香树的树根吧！"

前年杂木岭山洪暴发的时候，曾经把一棵百年的紫香树树根冲了出来，雨停后，石老山领着儿子挑了 100 多担土，将紫香树的树根重新掩埋了起来，可是今年夏天打雷的时候，紫香树被雷劈死了。石老山就是要领着郑名杰挖那棵被雷劈死的紫香树的老根去。

郑名杰也不知道那棵紫香树的老树根有什么奇异，他稀里糊涂地睡了一觉。第二天一大早，吃过早饭，石家父子二人扛着铁锹和镐头，领着郑名杰沿着羊肠小路直奔杂木岭的深处。

那棵百年的紫香树树身焦黑，横倒在山坡上，石家父子挖了一个上午，终于把紫香树一侧的老树根挖了出来。这块紫香树根重有 1 吨，逶迤跌宕，呈现出一座崇山峻岭的模样，如果稍加斧凿，一座千山万壑的根雕绝品就会出现，这个巨大的老树根可是郑名杰平生仅见的佳品啊。

可是树根太重，三个人根本就挪不动。石家父子回村子找人帮忙，郑名杰下山急忙给自己厂子的司机打电话，叫他开着卡车领人过来。

当天下午，石家父子领着几十号人来到山上的时候，那块紫香树的老树根竟然被人用油锯锯成了七八块。郑名杰后悔得直跺脚，不用想，这一定是温小龙那伙人干的。温小龙昨天看到郑名杰来到了杂树岭，他们不放心，又杀了个回马枪。紫香树树根太重他们运不走，就索性用油锯将其锯坏了。

这温家的父子也太阴险了！石磊气得直骂，石老山指着紫香树的底部说道："紫香树的树根分两半，他们只是毁坏了一半，现在

我们再挖一下，看看另外的一半树根是个什么模样！"

乡亲们答应一声，铁锹大镐齐挥，一个小时后，紫香树另外一半树根就被挖了出来。郑名杰跳下坑去，他望着刚出土的树根已经激动得说不出话来了——另外一半的紫香树树根呈现了一个老翁的摸样，最奇的地方就是那个老翁的背后，树根纠结如藤网，藤网般的树根竟然包住了一块西瓜大的水润石。根据这个造型，郑名杰绝对可以雕刻出一个凤岗山背石人的形象啊。

凤岗市就是根雕和水润石双绝，这个有根有石的雕塑坯料真可谓是百年不遇的绝品啊。背石工的木雕一经展出，竟然轰动了根雕界，郑名杰在夺得大赛的一等奖后，发表了获奖感言——凤岗山的水润石和根雕的艺术成就属于凤岗市。水润石的资源不可再生，而根雕的坯料也是越采越少，面对日益枯萎的根雕资源，郑名杰决定走根雕精品的加工路线。厂家雕刻根雕的同时，也是在塑造着自身的商德。善待凤岗山的资源，凤岗市的经济才能有更好的发展。郑名杰把话讲完，大赛的现场掌声雷动，温家父子却羞愧地低下了头！

飘香的虾油

葫芦岛市高桥镇的虾油可真的是个好东西，清亮透明，虾味浓郁。不管佐餐还是拌菜，将虾油放到里面，都可以起到画龙点睛的作用。

高桥镇名气最大的虾油厂就是金家虾油厂，只不过金家虾油厂每年生产的1万多斤虾油早就叫吉林延边的客商订去了，一般人想买，可没有门路！

金家虾油厂的厂长姓金，名叫金有才，可是人们见他的脑袋上没毛，都打趣他，管他叫金秃子。金秃子中年丧妻，有个儿子名叫金不换。金不换高中毕业后，却对自己老爹那纯手工做虾油的老工艺极为不屑。非得引进机械化的设备，搞大型化生产不可。

金秃子气得眼珠子瞪成了卫生球，他对着金不换的屁股"砰砰"就是两脚，骂道："金家做虾油那是有秘诀的，你小子懂个屁！"

金不换赌气找到了高桥镇的牛镇长。他要和镇里联办一家虾油厂。做虾油的技术并不复杂，但是想要把虾油做好却不容易。金家那是祖传做虾油的，现在有了牛镇长资金的支持后，渤海虾油厂仅用半年的时间就在金家虾油厂的对面建成了。金不换干厂子也有股子狠劲，没用三年，渤海牌虾油就卖遍了东三省。

金不换生产的虾油虽然和他爹做的虾油差了一个档次，可是金秃子的虾油根本就不走市场，所以金不换的虾油照样卖得顺风顺

水。可惜好景不长，韩国生产的沉浦鱼露打响了进军东三省的登陆之战。沉浦鱼露口味鲜香纯正，比金不换生产的虾油味道要好上一筹。面对日益萎缩的虾油市场。金不换急得起了一嘴的大火疱。

渤海虾油厂的销售部经理是柳三妹。柳三妹可是沈阳商学院毕业的高才生，她拒绝了长春一家大型制药厂的高薪聘请，跑到了高桥镇给他打工，也就是看上了金不换一股勇博商海的闯劲。

金不换也非常喜欢这个吉林姑娘。可是柳三妹却好像对他一点感觉都没有。姑娘的心，真是海底的针，金不换也是摸不透啊。柳三妹一个劲地问他是否有解决困境的办法，金不换面现难色地说道："办法倒是有一个！"

韩国生产的沉浦鱼露再牛，也没有他爹做的虾油好吃，只要他爹能把金家祖传做虾油的秘方传授给他，渤海虾油厂不仅可以渡过难关，还能迎来一个更大的发展空间。

柳三妹也知道金家爷俩的恩怨，她抿嘴一笑道："我临时当你几天的女朋友，我想金伯父不会将我们拒之门外吧？"

柳三妹拎着一大堆礼物，对着金秃子甜甜地叫了一声"金伯父——"金秃子的下巴乐得差点掉到虾油缸里。

这柳三妹太厉害了，几句话就能把金秃子哄得晕晕乎乎的。金不换急忙拿起手机，叫高桥镇最大的饭店海鲜楼送来了一桌最丰盛的酒席。酒至半酣，金不换一提祖传制作虾油的秘方，金秃子的眼睛又瞪成了卫生球，他一指金不换的鼻子，骂道："臭小子，今天不是看在柳姑娘的面子上，我拿大扫帚打你出去，想知道金家制造虾油的秘密，告诉你，没门！"

柳三妹看着金不换的一张脸成了被霜打的苦瓜，她用餐巾纸捂着嘴，一个劲地偷着笑。第二天一大早，柳三妹还在睡梦里，就听见院心的厂房里传来"咚咚咚"的敲击声。

金家虾油厂占地20多亩，在院心建有一个硕大的彩钢板的厂房，厂房里放着300多口大缸，敲击声就是从厂房里发出来的。

虾油厂的厂房门敞开着，透过窗玻璃，柳三妹看见金秃子手拿搅棍，他分别在每口大缸面前的水泥地上用棍首敲几下，然后再将搅棍伸进大缸中，搅动里面发酵的青虾原料。

制作虾油的工艺往简单里说，就是把渤海湾秋季特产的小青虾洗净、装缸、加盐、搅拌。再经过大约两个月的发酵后，就会得到清亮鲜香的虾油制品了。

可是金秃子搅拌缸里的虾料时，为何要用搅棍先在缸前面的水泥地上敲几下呢？听着金秃子敲击地面的声音，隔壁屋里的金不换也醒了过来。柳三妹看不明白，她推门走到金不换的屋子里，问道："老爷子这是在干啥？"

金不换见怪不怪地说道："我爹管这个叫搅缸秘诀……谁知道是啥意思！"

柳三妹低声说道："没准这就是金家虾油味道绝美的秘密！"柳三妹一转身跑到厂房里，帮金秃子干起活来了。柳三妹一说要帮他搅缸，金秃子的脑袋却摇成了货郎鼓。柳三妹性格泼辣，可不管金秃子同意不同意，她一把从金秃子手里抢过搅棍，刚要把木棍伸到旁边的大缸里，就听金秃子叫道："慢！"

金秃子说道："你先用搅棍在地上敲三下！"

柳三妹故意装糊涂地说道："做啥？"

金秃子压低嗓音，说道："这是我们金家一脉相承的搅缸秘诀呀！"

柳三妹两手握住搅棍"咚咚咚"地敲了三下地，然后把搅棍探到了大皮缸里，她两手用力，刚搅动了几下，在一旁观看的金秃子急忙喊停！

柳三妹这搅缸的手法明显不对啊！柳三妹也觉得奇怪，在渤海虾油厂里，盛装青虾的是巨大的不锈钢圆桶，每只圆桶的上面都有

一个搅拌器，一按电钮，搅拌器高速旋转，用不了 3 分钟，一圆桶的青虾发酵料就搅拌好了！

金秃子站在大缸前，他先把木棍探进缸内，搅棍左搅几下后，紧接着反过来右搅几下，这种一来一回的搅缸方法明显和电动一个方向的搅缸方法不同！虾油的制作过程中最重要的就是发酵的过程，金秃子这种来回搅缸法，就是不想把缸里的发酵料搅得团团转，相对稳定地搅缸更有利于缸内微生物发酵。柳三妹每天帮着金秃子干活，三天之后，柳三妹就把最不好掌握的搅缸技术学会了。

为了庆祝柳三妹出师，金秃子特意摆了一桌酒宴，柳三妹频频劝酒，金秃子又一次喝多了，柳三妹甜甜地叫了一声金伯父，然后说道："您那奇妙的搅缸秘诀究竟是什么意思呀？"

金秃子高举着酒杯，他呵呵一笑道："这是我们金家祖传的秘密，除了你，金不换这个死小子我都不会告诉他！"金秃子将杯子里的酒倒进了喉咙，还没等他把话说完，便一头扎到了桌子上，打着呼噜就呼呼地睡着了！

柳三妹和金不换回到厂子里，两个人先买回了一口大缸，如何往缸里手工装填虾料金不换小时候就会。望着虾料装填完毕的大缸，柳三妹拿起搅棍说道："我往地上敲几下？"

金不换说道："我爹搅缸的时候，最多敲九下，我们就敲九下吧！"

柳三妹敲了九下地面后，就开始用搅棍加盐搅缸……一转眼，秋风见凉，渤海虾油厂生产的 10 多万斤的虾油都已经酿好装桶。金柳二人单独做的那缸虾油也酿造成功了，可是两个人一尝，都不由得连连摇头，这缸单独酿造的虾油味道一般，也不比他们机械化大批量生产的虾油强上多少！

看来金秃子还记恨着金不换，什么搅缸秘诀，根本就不是那么一回事！东北三省几十个渤海牌虾油的经销商齐聚高桥，他们尝过金不换今年生产的虾油后，都纷纷摇头，韩国沅浦鱼露的生产厂家已经找过了他们，沅浦鱼露虽然价格比渤海牌虾油贵了一倍，但人家那鱼露的味道确实是好！

金不换一见这几十个经销商要弃单，他可真是土地佬抓蚂蚱，有点慌神了。柳三妹给他出了个主意，还是先带着这帮客商到锦州港的笔架山旅游去，将他们稳住后，再想其他的办法吧！如果不能打赢这场虾油 PK 鱼露的阻击战，渤海虾油厂以后可就没有好日子过了。

金不换把那 20 几个客商安排到了笔架山风景区。他连夜开车又回到了高桥，两个人顶着月亮急匆匆地来到了金家虾油厂。他们刚走进虾油厂的大门，大老远地就听见金秃子住的屋子里传来了激烈的争吵声。

金秃子今年生产的 1 万多斤顶级虾油已经装桶了。可是延吉的客商提货的时候，金秃子却拍出了两万块的违约金，这 1 万斤顶级虾油说什么也不卖了。

几个延吉的客商一个个急得脖粗脸红，领头的牛老板就差给金秃子跪下了，要知道他可是跟客户签了合同的，违约金是小事，没有货他可跟人家怎么交代啊！

看着推门走进来的金不换，金秃子说道："为啥不卖虾油，问这小子你们就知道了！"

金不换也不知道他爹为啥不卖虾油啊！其实原因很简单，这几个延吉的老板收购金秃子的虾油后，他们并没有把虾油卖给东北三省的各大酒店，而是直接出口到了韩国。韩国沅浦鱼露生产厂家将金秃子的虾油兑到了普通的鱼露里，他们生产的产品就变成了高级的沅浦鱼露了。

金不换听完，气得大叫道："阴险，这简直太阴险了！"

那几个延吉的老板拿着违约金偷偷地溜走了。金不换连夜找人

将金秃子生产的顶级虾油拉到自己的厂子里，然后和渤海牌的虾油勾兑到了一起，勾兑完一尝，那味道果真比沉浦鱼露要好上许多！

那20几个经销渤海虾油的老板从笔架山回来，他们尝到了新的渤海牌虾油后，一个个都是赞不绝口，10多万斤的虾油只用了一个下午，便被抢购一空！

金不换这回算是彻底服气了，他把金秃子按坐在椅子里，然后"噗通"地一声跪倒在地，金不换口里叫道："爹，我错了，您今天一定要教给我那个搅缸的秘诀，不然的话我说啥也不站起来。

金秃子抬起脚，他用鞋跟"咚咚"地往地板上跺几下，说道："哪有什么秘诀，我用搅棍碰地？那代表着我对大缸行礼叩头呢！"

过去虾油工匠们在搅缸的时候，都是要先对大缸叩头的，金秃子用搅棍捣地，就是代替他对大缸行礼了。金秃子的虾油为什么好吃，追其原因，就是这些被用了几十年、上百年大缸的缘故。

不锈钢的发酵桶绝对不是什么好东西，做虾油最好的盛具只能是这些大缸，大缸壁上有许多肉眼看不到的缝隙，缝隙间充满了能令虾油发酵的微生物，这些奇妙的微生物才是制取虾油不可缺少的宝贝！

金秃子领着儿子和柳三妹来到了自己家的虾油厂，金秃子用手指着厂房里最老的一口缸说道："你知道吗，这口缸，是你们的祖爷爷留下来的，每一次我搅缸前，都要对他点九下搅棍！"那九下就是代表着最重的叩拜大礼啊。

破旧立新，确实可以成就一番事业。可这并不代表所有的老东西、老工艺都是不好的，还是那句话，有继承才有发展！

金秃子做虾油还有一样秘密，那就是虾油发酵成功后，他会把最上层的浮油丢弃。只留缸中最好的中层和底层的虾油。

金不换听得愣住了。金秃子说道："我这么做，你能悟到点什么吗？

　　金不换结结巴巴地说道："丢弃浮油？您是叫我丢弃浮华不实之气？尊重传统，您要叫我不要自以为是、目中无人？"

　　金秃子点了点头。其实做虾油也就是在做人生啊！看着金不换终于开悟了，柳三妹也欣喜地笑了。金不换虽然是一员商场的干将，可是他身上的坏毛病太多……其实只有穿过浮华不实和骄傲自大的爱神之箭，才能真正射中姑娘的那颗芳心啊！

在美国放羊

毛头，河南人，别看这贼娃子是个放羊的羊倌，可是他做梦都想着要发财。为了实现发财的梦想，他找到自己远房的二叔刘秃子，毛头花了 3 万块，刘秃子才肯答应帮忙。在一个漆黑的夜晚，刘秃子将毛头和 20 多个小伙子送到了一个漆黑的船舱里，货轮航行了 20 多天后，终于在美国纽约的旧港靠岸了！

毛头到了美国之后才知道自己这叫偷渡。毛头到了纽约，两眼一抹黑，没有办法，他只得跟着黑人乔姆来到纽约城外的贝尔沃城堡，在一家名叫绿茵茵的除草公司打零工。

绿茵茵除草公司的老板名叫雷德，他领着毛头上了一辆装着 20 多个割草工的旧卡车。卡车开出去有半个多小时，停在了一片拉着铁丝网的大铁门前，铁门上写着 military restricted area（军事禁地）。

三个美国大兵开门引路，一直把众人领到了一座缓坡上。其中一个美国兵用手一指坡上的青草说道："某哥挖斯（mow grass）！"那意思叫毛头他们开始割草。

毛头看着手里的镰刀，他心里也有点纳闷，美国割草机遍地都是，干啥非要用手工割草呢？割草毛头可是内行，他抢起了镰刀，一个人割下的草，比其他 3 个人合着割的都多。中午休息的时候，黑人乔姆告诉他，8 年前，贝尔沃城堡军事基地就是因为使用割草机不慎，飞速旋转的刀刃砍到了草丛里的石头上，飞溅出来的火星子引爆了军火库，10 多名美国大兵死在那场大爆炸中，贝尔沃城堡军事基地也一次性地损失了3000多万美元。

美国军方吸取教训，规定国内的军火库和核武基地全都禁止使用割草机。毛头挥汗如雨地干了一个月，这天正是月末的最后一天，晚上5点整，割草公司的老板雷德扯开嗓子大叫道："收工，发薪水了！"

毛头正要放下镰刀出门去领薪水，没想到一向和蔼的约翰森少校却把蓝眼睛一瞪，对毛头说道："No，No，你割的草地不合格，返工！返工！"

毛头也不知道约翰森少校今天哪根筋不对了，他刚蹲到了草丛里开始返工，就听外面传来一阵刺耳的警笛呼啸声，竟是纽约的移民局接到举报，移民局伙同当地的警察来军事基地抓偷渡客来了。

举报电话就是雷德打的。雷德雇佣的20几个除草工人，除了黑人乔姆有美国的绿卡外，剩下的都是偷渡客。移民局将这些人抓走，军事基地发放的除草费全都进了他的腰包。这个雷德，简直就是吃人不吐骨头的恶狼啊！

移民局的车开走后，毛头猛地挥起拳头"砰"地一声，砸在雷德的胖脸上。黑人乔姆也是极度讨厌雷德，他躲在一旁，假意地拉架，雷德被毛头揍得满脸是血，最后捂着鼻子逃进了卡车中，他指着毛头怪叫道："你等着，我到移民局举报你去！"

约翰森少校等雷德开着卡车逃走，他对呼呼直喘气的毛头说道："小伙子，你把雷德打跑，我这基地里乱长的荒草怎么办？"

美国正在闹经济危机，美国军方给基地的维护费呈逐年下降的趋势。如果不是约翰森少校对雷德睁一只眼睛闭一只眼睛的话，基地今年割草的任务就会因为资金紧张而完不成。

毛头"啪"地一拍胸脯，说道："约翰森少校，你把基地除草的任务交给我吧，我只要雷德一半的工钱便成！"

约翰森少校用不相信的眼光看着毛头说道："小伙子，你不是

跟我开玩笑吧？"

毛头的意思是要用几百只绒羊的嘴巴替代工人除草。毛头和约翰森少校签署了一个月的试行除草协议。

毛头拿着除草协议坐车直奔30里外的记诺小镇，那里的牧场老板一听毛头要为他们免费放羊，差点乐得跳了起来。毛头选出了500只高大的绒羊，并将它们集中训练了3天，这批除草的羊部队就这样浩浩荡荡地开进了军事基地。

这批绒羊除草的效果要比人工好上一倍，而且羊群在吃草的时候，根本不必担心会产生可怕的火花。绒羊吃完草后，排泄的羊粪还会对草起肥沃的作用。约翰森少校看着毛头领羊除草的进度，乐得喜笑颜开。

雷德被毛头打得鼻青脸肿，住了5天医院后，等他开车回到贝尔沃城堡军事基地一看——除草的生意竟然叫毛头给抢去了。雷德的鼻子差点气歪了，他拿出手机，急忙给移民局打举报电话，可是毛头和约翰森少校是签了合同的。毛头现在是美国军方雇佣的除草专门人才。合同不到期，移民局竟然也不敢明目张胆地出手抓人。

雷德真是偷鸡不成反蚀把米。他狼狈不堪地回到家里，仔细一琢磨，决定到亚利桑那州"大力神"导弹发射场去碰碰运气。没想到发射场的兰博中将亲自接见了他，听雷德说完用羊除草的建议，兰博中将也是很感兴趣，等他用电话联系过贝尔沃城堡军事基地，得知用羊除草确实省工省力、安全快捷后，当即和雷德签署了长期合作的合同。

雷德到附近的牧场借来了五六百只绒羊，可是他刚把羊群轰进"大力神"洲际核导弹发射场，绒羊们就跟打了败仗的溃兵似的撒腿满场乱跑。

前来观看除草效果的兰博中将也慌了，他急忙调来发射场的警卫部队，全副武装的美军大兵用了整整半天的时间，才把几百只绒羊抓干净。兰博中将看着发射场内的秩序大乱，只气得脸色铁青，嗷嗷怪叫。

雷德一点这群羊的总数，他哆嗦着嘴唇说道："怎么少了两只？"

这丢失的两只羊竟掉进了一枚核导弹的发射井里，最可怕的是一只绒羊的腿卡到了关闭井盖的液压装置里，要不是因为发现得早，真要是军部下达发射任务，因为羊腿的关系，液压控制的井盖子打不开，影响了洲际导弹的发射，那后果可就严重了。

检修发射井井盖液压装置的费用就得 30 多万美元。雷德可不想去蹲监狱，他只得咬牙赔款。兰博中将看罢雷德签署的支票，他冷笑一声道："因为和你签署合同，以前负责给发射场除草的公司已经和我们解约了，不想出一个除草的办法，你休想离开亚利桑那州！"

雷德也闹不明白，怎么绒羊到了毛头的手中就服服帖帖地听管，而到了他的手里，就成了不听话的"野孩子"了呢。雷德万般无奈，他只得摸出手机给毛头打了个求救的电话，10 个小时后，毛头和他的助手毛姆就出现在兰博中将的面前。

雷德一见毛头不计前嫌，感动得就差跪地叩头了。毛头给兰博中将一分析雷德失败的原因，雷德恍然大悟：毛头将那批绒羊赶到贝尔沃城堡军事基地除草之前，曾经将其强化训练了 3 天，训练的项目自然包括了叫绒羊熟悉陌生的环境和听从人的指挥。雷德把羊群运到发射场，他犯了一个最大的错误，那就是没有把牧场中的那只头羊带来。

只要控制了头羊，就等于控制了整个羊群。兰博中将和毛头重新签订了除草合同，为了防止绒羊再次掉进核导弹发射井里，100 多口导弹发射井的周围都竖起了高高的铁栏杆。

因为亚利桑那州核导弹发射场占地两万亩，除草的任务巨大，

毛头就把毛姆留在了贝尔沃城堡的军事基地，他亲自在发射场坐镇。雷德赔偿过兰博中将的损失后，他就成了一个地道的穷光蛋，毛头可怜他，就留他在自己身边帮忙。

3天后，经过毛头训练的绒羊进入了状态，看着那一片片草地被齐刷刷地清理干净，兰博中将对着毛头一个劲地高喊"very good"（很好）。

雷德为了将功补过，每天守在羊群身后，生怕再出什么闪失。毛头这天一大早打开临时的羊栏，他和雷德一起把羊群赶到了需要除草的坡地上。毛头今天要去找兰博中将开一个军用特殊人才的证明，他好去移民局申请一张绿卡。他叮嘱了雷德几句，转身还没等走上十几步，就听脚底下传来"呼呼"的一阵轰响，接着地面剧烈地震动了起来，看见四周烟尘弥漫，毛头怪叫一声"地震了"，他两手抱着脑袋"噗通"一声趴在了地上。

并没有发生地震，今天是美国的独立日，"大力神"洲际核导弹发射场临时接到通知，要往西太平洋中发射两枚洲际导弹以示庆贺。

那地动山摇的骇人情景是"大力神"洲际核导弹发射时造成的。毛头因为距离发射井远，并没有受到伤害，20几只围在发射井口吃草的绒羊都成了烤羊，雷德的后背也被洲际核导弹尾管喷出的热焰波及，他腰背上的皮肤已经被烧得惨不忍睹了。

兰博中将听说发射场出了事故，便急忙从指挥室来到了发射场上。看着连声怒吼的毛头，兰博中将一摊双手，说道："事实上，我也没办法！""大力神"洲际导弹的发射是没有时间表的，军方一个命令下来，3分钟后，导弹必须点火升空。

毛头怒吼道："可我们是人，我们差一点就成了烤羊了，这事情你们一定要负责！你们一定要赔偿雷德的医药费！"

兰博中将点了点头，说道："我们可以联系医院给受伤的人治病，但是我们并不能赔偿你们多少医药费，因为雷德并不是我们正式签署合同的工作人员，而你连一张正式的绿卡都没有！"

两个月后。亚利桑那州的法庭开庭，雷德只是获得了微薄的赔偿款。毛头并没有要那笔赔偿款，他只是叫兰博中将当庭对雷德说了声对不起。毛头因为没有绿卡，他被当成偷渡客遣送回国。毛头这几个月赚来的割草钱，都花在了雷德昂贵的植皮手术费用上。

毛头被移民局遣送回国的那天，毛姆和雷德来到机场给他送行。就在毛头正要走进安检口的时候，兰博中将也开车来到了机场，他望着毛头，两只蓝眼睛充满了疑惑道："我想不明白，我们合作得那么好，你又可以大把地赚美元，你为什么非要把导弹发射场告到法庭上？"

毛头挺胸正色说道："因为我们是人，是人就得有一份尊严！"

毛头讲完，他望着机场上空飘扬的星条旗说道："等着我，我会堂堂正正地回来，我还会到美国的核武器发射场继续放羊的！"

望着毛头乘坐的飞机升空，兰博中将点了点头，这个河南的小伙子说到做到，他说回来，就一定会回来的。

吴名异

在大唐的长安城中有个五柳堂药店，药店掌柜的名叫吴睿。吴睿悬壶济世，祖传的鬼柯散闻名遐迩，这种神奇的鬼柯散可是治疗骨科红伤的妙药，基本是十副药下去，病者就健步如飞了。

可吴睿老先生也有不如意的地方，他儿子吴名异，可是个十足的浪荡公子，对他们家祖传的医术一点也不感兴趣，把吴睿气得几乎吐血。

这天吴睿正在给病人看病，长安的一伙赌徒把吴名异押回了五柳堂。吴名异和他们狂赌三天，欠了一屁股赌债。这帮赌徒们扬言，如果不还钱，他们就要把吴名异的两条腿砍断，让他一辈子瘫痪在床。吴睿的夫人周氏心痛儿子，急忙把这些年的积蓄全部拿了出来，最后还差几百两银子，那帮赌棍们扬言过几天还要过来，不还赌债，就要拆了他们家的五柳堂。吴睿的肺都要气炸了，他抄起了顶门闩，把不可救药的吴名异赶出了家门。

周氏含着眼泪，追上了满街游荡的儿子，她把发髻上插的金簪子递给了吴名异，叮嘱道："你先找个地方住下来，等你爹消了气，娘再把你接回来！"·

吴名异斜着眼睛望了一下五柳堂的牌匾，冷笑道："赶我走，好啊，正好我也不愿在个破药店里待着呢！"

周氏见四下无人，急忙从怀里摸出一本记载着吴家祖传秘方的药书交给了吴名异，没想到吴名异"啪"地一声，把药书摔在了地上，还在上面狠狠地踩了一脚，骂道："我学什么也不会学这下九流的手艺！等我几年后回来，我一定要叫全长安城的人都不敢小瞧我！"

吴名异为躲赌债，离开了长安，一路向西，也不知道走了多少天，最后来到了歧黄山的脚下。歧黄山在传说中可是药王孙思邈采药的地方，这里山深林密，物产丰富，有数不尽的山蔬野果可以叫他填饱肚皮。吴名异暂时可以不再为吃的问题发愁了，可惜好景不长，转眼到了深秋。北风呼啸，树叶尽脱，再也没有野果子供吴名异吃了。吴名异就找了根木棍，满山去追杀野鸡野兔。这天他高举着手里的木棍，把一只野兔赶到了一座断崖上，他呼呼喘着粗气，正准备一棍把野兔打死，没想到那只狡猾的野兔从他胯下窜了过去。等他懊恼地回头，发现身后的一个黑洞中伸出了一个斗大的蟒头，巨蟒一张口，就把野兔咬死，吞到了喉咙里。

巨蟒也发现了立在崖边的吴名异，它扭动着三丈长的蟒身从黑洞中爬了出来。吴名异吓得一步步后退，最后退到了断崖的旁边。巨蟒张着血盆般的巨口，刺鼻的腥气熏得他几乎要呕吐了。吴名异退无可退，他举起了木棍"砰"地一棍，正砸在了巨蟒的脑袋上，巨蟒凶性大发，张着生满獠牙的巨口，直向吴名异胸口咬了过来！

吴名异本能地往后一闪，一脚踏空，人已跌落到了山崖下。他最后是被一阵冰凉的秋雨淋醒的，是崖下厚厚的落叶救了他的性命。可是他的左腿摔断了，在这没吃没喝又缺医少药的情况下，现在的吴名异只有闭目等死了！

吴名异咬牙切齿，暗恨自己的父亲，若不是他把自己赶出来，自己也不至于落得这个悲惨的下场啊。他那条断腿已经肿得跟水桶一样粗了，只要他一动，断裂处就钻心地痛。

太阳眼看着就要下山了，吴名异两眼望天，正想着怎么爬上崖顶的时候，就听上面传来一阵阵凄厉的鹰啼声，原来是一只大鹰和

巨蟒打起来了。斗了有一个时辰，那只大鹰把巨蟒的眼睛叨瞎了，巨蟒也咬折了大鹰的右腿，巨蟒翻滚着落到了崖底摔死了，大鹰呼扇着翅膀，也缓缓地落到了谷底。看着那只大鹰凶神恶煞的样子，吓得吴名异倒身退到了山崖的底下，那只大鹰对吴名异根本就不感兴趣，它张开尖嘴，在崖底的一块石头上狠啄了几下，最后啄下了一个核桃大的黑石头，大鹰叨着黑石头，不停地在断腿上摩擦着，磨擦了一小会儿，淌血的伤口就愈合了，大概摩擦了有一个时辰，那只大鹰的断腿竟能活动自如了。大鹰一撒口，丢下了磨得只剩下半块的黑石头，拍着翅膀飞走了。

吴名异看着奇怪，急忙爬了过去，仔细一找才发现，原来崖底的石头上竟长满了这种核桃大小的怪东西。他们绝不是植物，也不是金属，用手一碾，就会碾下一层黑粉来。吴名异如法炮制，拿着黑石头就往自己的那条伤腿上抹去。说也神奇，刚抹了几下，那条伤腿就不痛了，他将自己的整条伤腿涂满了那黑石头的粉，第二天一大早，他那条断腿上的肿瘀神奇地消失了。

他家祖传的鬼柯散疗效都已经够神奇的了，没想到这黑石头的药效竟比鬼柯散还要显著。

三天之后，吴名异的腿就能活动自如了。他用破烂的外衣做了个包袱，捡了几百块黑色的石头然后攀着山藤，一点点爬到了悬崖的上面。

吴名异用这一袋子具有神奇药力的黑石头，专门给人治疗跌打骨折，没用半年，声名鹊起，可是如何报复吴睿的念头总在他心里闪现，还没等他起身回长安，安禄山就发动了叛乱，朝廷急忙派兵去征剿，专制跌打损伤的吴名异被强征入伍，他成了随军的医官。安史之乱平定后，吴名异因为疗伤有功，被皇帝亲封为五品医官。

吴名异收了两个弟子，他不时地派弟子回歧黄山断崖下去采集那种神奇的黑石头。可最近一段时间，吴名异那条被黑石头治好的断腿动不动就钻心地痛，吃什么止痛的中药也不见好，没有办法，他只好继续往腿上抹那黑石头磨成的药粉。说也奇怪，抹上那神奇的药粉后，他那条腿就不痛了。可是过了一段时间，他那条腿又复痛如故，他只得不停地加重药力，最后，他整条大腿的皮肤都变成了黑色。

吴名异的伤腿变瘸，报复的火焰也烧得更厉害了。他和经略使大人请了个探亲假，领着两个徒弟回到了长安。几年不见，五柳堂药店还在，吴名异回想着自己当年被赶出来的悲惨经历，他恨吴睿恨得直咬牙。他叫徒弟熬了一锅姜黄，厚厚地涂到了自己的脸上，然后一行三个人，气势汹汹地来到了五柳堂药店。

吴睿很明显地老了。五柳堂中正有一个两条腿都断了的病人，吴睿正给病人往骨折处涂鬼柯散呢。看着病人痛得龇牙咧嘴的模样，吴名异冷笑道："鬼柯散的药效这些年也没什么长进啊！"

吴睿望着面前这个脸色蜡黄，跛了一条腿的怪人说道："阁下什么意思，难道是吴某的鬼柯散药不对症吗？"

吴名异从怀里摸出一个小玉瓶。交给了自己的徒弟，他徒弟从里面倒出一点黑石药粉，均匀地涂在了那个病人的另一条断腿上。

那个骨折的病人刚开始还是一脸的怀疑，过了一会儿，他惊喜地叫道："还是这药好，不痛了，先生你帮我在另一条腿上也涂上这种药粉吧！"

吴睿一见这个其貌不扬的人竟是来踢馆的，他走上前来，用手指沾了一点药粉，刚放到嘴里一尝，便急忙吐掉，惊叫道："你是谁，你是在哪里得到这些药粉的！"

听到争吵，医馆里围满了人，吴名异嚣张地叫道："鬼柯散的药效比不上我这单方仙药，你这妙手回春的牌子我看就不要再挂了！"吴名异对他的徒弟一摆手，两个徒弟蹿上了八仙桌，就把那块妙手回春的牌子摘下来"啪"地一声丢到了地上，摔成了好

几块！

　　吴睿一见牌子被摘了下来，气得他"哇"地吐了一口鲜血，仰身倒在了椅子里。周氏听到有人踢馆的消息，急忙走了出来，她望着踢馆人脖子后面一块葫芦形的胎记，激动地说道："名异，是你吗？"

　　吴名异一见到白发苍苍的老母亲，"扑通"一声，跪倒在地。倒在椅子中喘气的吴睿一见是不争气的儿子回来了，气得抢起巴掌，"啪"地一声，给了吴名异一个大耳光。吴名异望着气得浑身发抖的父亲，冷笑道："我知道你看不起我，你不能容忍我超过你，你这是嫉妒！"

　　吴睿两手颤抖，他一把将吴名异怀里的小玉瓶掏了出来，周氏接过小玉瓶，舀了点药粉用舌头一尝，气得老太太也抢起巴掌，给了吴名异一个大耳光。

　　有很多老街坊都知道吴名异被他爹赶出家门的丑事，可这一家人好不容易团聚，怎么一见面就打起来了呢！周氏连说冤孽，她一伸手，在怀里摸出了一个小布包，包里装的就是那本记载着五柳堂所有奇方的秘籍。

　　周氏打开第一页，那上面赫然写着鬼柯散的配方，其中第一位药就是吴名异带回来的黑石。这种黑石最早载于南北朝时期的《雷公炮炙论》，那上面说这种药叫止痛楚，截指而似去甲毛。意为这种黑石头用于麻醉止痛，即使是截指，其感觉也只不过像剪去指甲或毛发一样。用于治疗跌打损伤、骨折等疾患极有疗效。这种黑石虽说疗效如神，但它却是一味有毒的药物。想用这种药物治病，首先要把黑石头研碎，然后烧红，最后经过醋淬才能入药。

　　吴名异胆大包天，竟把黑石药粉直接研碎，不经过淬毒，就涂到骨折病人的患处，这简直就是害人啊。周氏把前因后果一说，吴名异也愣住了。他做梦也不会想到，事情竟然是这个样子。他在外面转了一圈，原本以为已经功成名就，可以到处炫耀了，谁会想到，他转了一圈后，竟又从终点回到起点。

他那独创的单方妙药竟是一味毒药啊。他撩起自己的裤管，吴睿和周氏一看都是大惊失色。这种黑石的药毒已经浸入了他大腿的肌肤，不赶快治疗，半年之后，黑石的毒素一旦进入骨髓，吴名异一定没命了！

吴名异幡然悔悟，决定痛改前非。他辞去了官职，经过三年的闭门苦学，终于成了一名合格的大夫。为了警戒后人，那疗效神奇的黑石被他用自己的名字命名。这种不属于中药任何一属的怪药就是中医们沿用至今的——无名异！

九曲子母结

张老海是红螺山底下有名的民间绳结王，经他打出的九曲子母结任谁也解不开。他当过村主任，上过电视，在辽西北地区那可是鼎鼎有名！可是他也有烦心的事，他儿子张小海不学好，跟富云钼矿的刘大头走私钼精，两人都被判了三年徒刑，前些日子才从大狱中放出来。

那刘大头真是手眼通天，刑满释放刚一个月，就把红螺山脚下最大的富云钼矿承包到手。张小海也被刘大头安排到钼厂仓库当了保管员。

张老海一听儿子又回到刘大头身边，气得直拍桌子。

五年前，刘大头伙同外地不法商贩走私钼精，后来蹲了大狱就是被张老海举报的。刘大头恨死了张老海，第一个就把张小海咬了出来，张小海就这样也成了囚犯。

张老海怕儿子又被刘大头拉上贼船，他一咬牙，找到了乡长。最后，张老海也被安排到了钼精加工厂的装袋车间，负责给装满钼精的帆布口袋扎绳。

张老海每天上下班都和儿子一起走，张小海在老爸的监视下，半年内还真没出什么大问题。

由于国外的钼精市场走俏，钼精的价格翻着跟斗地往上涨，从原来一吨两三万，半年多后，竟变成了现在的30多万。那一袋子钼精是60斤，折合成人民币就是9000多块。

刘大头这几天出门到山西去谈生意。红螺钼业公司叫他们赶快加工 300 吨钼精，生产的任务就落在了张小海的肩上。粉碎过筛，分装绑袋，几十名工人忙得团团转。

张小海白天守在地磅前，一袋子装 60 斤钼精，他都得分毫不差地称过。张老海等儿子称好后，就拿过特制的尼龙细绳，那两根绳子就跟两条没有骨头的面条鱼一样，在他的手指端上下翻飞，左三右五，七折九曲，几下就在口袋嘴上打出一个漂亮的九曲子母结来。

太阳落山，刘大头的老婆林三妹锁上原料库，和张小海一起把成品仓库中的钼精袋过完数后，便拿出粉红色的小手机，给远在山西的刘大头汇报了一下情况。张老海和工人们一起下班，张小海掌管着钼精仓库的钥匙，领着 8 个保安开始在仓库外巡逻。

第二天，张老海早早地来到钼精加工厂。张小海眼睛熬得通红，他责任重大，很可能一夜没睡。又干了一整天，张小海等老板娘林三妹走后，就把摩托车推了出来，说要送张老海回家喝酒。

张老海老伴死得早，还真没见过儿子这样孝顺过。他也就三四两的量，被儿子灌了几杯烈酒，舌头就短了。

张小海见时机成熟，说道："爹，您教我打九曲子母结吧！"

张老海一听儿子要学九曲子母结，两眼放光，借着酒劲，不一会就在小海的手腕上打出一个漂亮的绳结来。

张老海打完结，酒劲发作，"咕咚"一声趴睡到了桌子上。张小海从抽屉里取出一把锥子，根据记忆，一下下去挑那绳结，可是挑了半个多小时，也没挑开。接下来几天，张小海白天偷学，晚上明练，急得揪头发跺脚，可愣是没弄明白这九曲子母结的奥妙！

一千袋钼精已经加工完毕，刘大头在钼精全部入库的那天晚上，气势汹汹地回来了，他身后还跟着虹西镇派出所的赵所长。刘大头二话不说，先带手下人把张老海的家翻了个底朝天，翻到最后，别说是整袋的钼精，就是钼精渣都没有找到一块！

刘大头紧张得满头是汗。赵所长指着刘大头的鼻子直骂："你不是说张小海监守自盗吗？钼精呢，赃物呢？简直胡闹！"说完，一摆手，领着人坐车回镇了。

刘大头回到钼精加工厂，把仓库里的30吨钼精全部装在卡车上，一一过磅，30吨的钼精，正好多出了一吨，平均一袋钼精多出了两斤。张小海支支吾吾，说啥也解释不清这到底是怎么回事！

很显然，是称钼精的小磅秤出了毛病。张小海被刘大头开除回家，张老海望着垂头丧气的儿子嘿嘿笑道："好事啊，今天你爹我要请你喝酒去！"

三杯辽西老白干下肚，张老海拍了拍儿子的肩膀，低声道："死小子，别以为你爹不知道，把磅砣的铅封扣去，一袋子钼精多称出两斤。你一定是算计着到晚上打开仓库，把那多出的两斤钼精私自取出来，是不是？"

张小海一口酒从鼻子里呛了出来："这，您，您怎么知道？"

张老海冷笑道："可你解不开口袋嘴上的九曲子母结，这我更知道！"

原来，为了再次报复张老海，阴险的刘大头早就瞅准了张小海好贪小便宜的毛病，把钼精仓库的钥匙交给他保管，其实就是做了一个套叫张小海钻啊。

张小海听完吓出了一头冷汗。如果真偷了那多出的一吨钼精，那可是30多万元的大案子啊，再加上监守自盗……真没有想到，竟是老爹打的九曲子母结把他给救了。

张小海"扑通"一声跪倒在老爹面前。张老海一顿酒杯，吼道："知道谁是好人，谁是坏人了，这说明你还有得救，这个刘大头太歹毒了，我想他绝不会善罢甘休的！"

刘大头将30吨钼精用卡车拉到了红螺钼业公司，没过半个月，红螺钼业公司的经理黑老三就把刘大头叫了过去，一顿臭骂！原来富云钼精厂加工的 30 吨钼精中，竟有 20 多袋有问题，那里面装的全部都是低含量的钼精尾矿砂。黑老三已经把这批假货全部给刘大头退了回去。

刘大头一听气得直跳，马上打电话找来律师吴铁嘴，一纸诉状把张老海父子告上了法庭。刘大头的理由也很充分，因为加工钼精的时候，他不在厂里，这批钼精都是通过张小海组织工人生产的。袋子口张老海打的绳结还在，这说明红螺钼业金属公司并没有开袋换货，钼精出了问题，只有一种可能，那就是张老海父子合伙把钼精在仓库里给调包了。

吴铁嘴在法庭上滔滔不绝地把理由讲完，张老海未置可否，而是求得了审判长的同意，直接走到证物桌旁。桌上放着三只装满不合格钼精的帆布口袋，他望着口袋嘴上的绳结，嘿嘿笑道："这个假钼精口袋上的绳结不是我打的！"

原告席上的刘大头叫道："在红螺山百八十里的地面上，有谁不知道，这种九曲子母结就你一个人会打！"

张老海不动声色地说道："除了我会打这种九曲子母结，在红螺山下，还有一个人，你——刘大头也会打！"这是怎么回事呢？话还得从老底子说起。

那还是在清朝乾隆年间的时候，张老海和刘大头的祖爷爷同是盛京府中的密押吏。密押吏的工作就是把盛京府报呈京城的公文加密。刘大头的祖爷爷干的是把公文用火漆封好的密押。公文用火漆封好后，要装到盒子里。张老海的祖爷爷负责把盒子外面用牛筋绳捆好——这就是密押绳。绳押的凭证就是在盒子中心打的那个解不开的九曲子母结。

九曲子母结的秘密就是张氏家族中最大的秘密。可是有一天，一封盛天府尹密报朝廷剿匪的密函在匣子中不翼而飞了，可是密匣外面的九曲子母结还在。张老海的祖爷爷被怀疑通匪，直接下到了

大狱，直到临死，他才想起来，他酒后曾经教会过一个人打九曲子母结，这个人就是他磕头的拜把兄弟——刘大头的祖爷爷！

很显然，是刘大头的祖爷爷出卖了他！

刘大头听到这里，声嘶力竭地叫道："你胡说，法官，审判长，他信口胡说！我根本就不会打什么九曲子母结！"

张老海冷笑道："其实九曲子母结的打法共有两种，一种是九曲子结，这是一种死结；而我打的是九曲母结，是一种活结。这些假钼精口袋上打的结就是九曲子结，全都解不开。我给那一千个真钼精口袋上打的全是九曲母结，都能够被解开！"

张老海在法庭上先把九曲子结打完，然后对着绳结敲了两下，绳结略一松动，那两个绳头就立刻缩回到了绳结里，成了个无头死结！等张老海把九曲母结打完，那两个绳头虽然也缩到绳结里，可是他用手指一顶绳结的底部，那两个绳头又从绳结中钻了出来。张老海用手一拉那两根绳头，九曲母结就被轻易地解开了。

虽然子结和母结在外表上非常相像，可是打法却完全不同。打子结要勒紧绳子，然后震动绳结，叫绳头回缩，自然成为死结。而打母结却不需要用力，最后留下绳头在底部顶出来的空间。审判长看完恍然大悟，如果是张老海父子监守自盗，他绝对不会在假钼精口袋上打什么解不开的九曲子结。

可是刘大头连声喊冤，他否认自己会打九曲子母结，更不肯承认诬陷张老海父子的事实。张老海对审判长说道："刘大头的老婆林三妹就是本案一个最重要的证人，只要她来法庭一趟，我就能证明刘大头会打九曲子母结！"

两名法警把林三妹带到了法庭。张老海拿过林三妹的手机，那手机坠上，果真就打着一个小小的九曲子结。刘大头满脸冷汗，不会打九曲子结的谎言不攻自破！

公安机关经过仔细的调查，终于查清刘大头和黑老三合伙将那

20袋钼精倒卖，又用假货调包，最后再反咬张老海父子一口的诡计。

刘大头走私贩私，身陷囹圄，不检讨自己，却反怪张老海当年检举了他，等待他的将是法律的严惩。

知错认错和诚心悔改就像是能解开任何绳结的两个绳头啊！张老海将一个九曲母结和一个九曲子结放到了儿子的手心中："小海，人心难测，就如绳结，死死活活，全在一念之间！"

张小海点了点头，两滴悔恨的泪顺着眼角流了下来。

百年伏龙肝

陆虞侯今年才 22 岁。一年前，他还是大宋伏牛关的副帅，后金国的大将兀古罕手持一对镔铁乌油锤，将陆虞侯震得抱鞍吐血，要不是他最后用家传的绝招——盘马歇云枪挑了兀古罕，伏牛关现在还是不是大宋的地盘都很难说了。

陆虞侯被震伤内脏，一直在京城养伤。他母亲桂瑞红遍请了大宋国的名医给儿子治伤，可是却没有谁能疗好他的咳血症。可恨的后金国在今年重开战事，兀古罕的儿子兀鲁领兵继续攻打伏牛关。大宋国无良将，前敌吃紧。当今皇帝接连派出了七八名御医给陆虞侯治病，可是谁也没有回天的妙术，陆虞侯的咳血症毫无起色，这七八名御医都被下到了大狱。

桂瑞红正在发愁的时候，忽听家人禀报，说渤海郡的神医袁青囊奉旨进京，给陆虞侯治病来了，桂瑞红急忙把背着药箱的袁神医请到了屋子里。

袁神医今年 50 多岁，青衣藤履，虎目贲额，他身后跟着女弟子古丑丑。古丑丑人如其名，焦黄的头发，黢黑的皮肤，真是要多难看有多难看。

袁神医是被御林军的牛统领押到了屋子中的。他望着面如白漆，咳嗽声不断的陆虞侯也是直皱眉头。袁青囊给陆虞侯一号脉，脸色"刷"地一下就变了，陆虞侯的内伤真的是太重了，若不是他内功精深，恐怕早就已经撒手人寰了。袁神医开出了一个温补的药方子，桂瑞红一见，连连摇头，这个方子前几个大夫早就给虞侯用过了，根本就没有什么疗效啊，牛统领一见袁神医黔驴技穷，牛眼一瞪，腰刀被他"嗖"地一声抽了出来。吓得袁神医头冒冷汗，如果治不好虞侯的病，他们师徒只能到监狱里去研究医案了。

古丑丑一见师傅没招了，急忙走了过来，说道："让小女子给虞侯大人把把脉吧！"

古丑丑将手指搭在陆虞侯的脉门上，过了一会，她叹了一口气，说道："虞侯被巨力震伤了心脉，不是陆将军内功精深。恐怕一年前就已经吐血而亡了！"

桂瑞红一听其貌不扬的古丑丑说得头头是道，急忙一把揽住她的手腕，将她拉到了屋外，低声说道："古姑娘，虞侯还有得救吗？"

古丑丑想了想，说道："救是有得救，可是这药……"

桂瑞红听着儿子一声紧一声的咳嗽声，咬了咬牙，说道："不管是龙肝凤髓，还是佛池莲花。只要你能说出药名，相信当今的天子就能找来给虞侯用！"

古丑丑摇了摇头，说道："这药并不复杂，只要找到一个超过百年的老灶台就可以了！"

超过百年的灶台？难道要用这百年的灶台给儿子熬药吗？桂瑞红一听也愣住了。她还没等问老灶台的作用。陆虞侯就被老管家陆福给扶了出来，他望着头发斑白的桂瑞红说道："娘，孩儿不孝，叫母亲如此操心，如果我的病不能治愈，我看就不要难为大夫了！"

桂瑞红眼睛一瞪，吼道："胡说，陆家子孙的生命不是自己的，那是大宋的，只有把你的伤疗好，才能退去后金国的兀鲁啊！"

陆虞侯刚想再说什么，桂瑞红一摆手，陆虞侯就被陆福扶回房间休

息去了。古丑丑愣愣地听桂瑞红说完，转身默默地抹了一下眼角。

陆府的家人还真的在京城中找到 6 座历时百年，饱经烟熏火燎的老灶台。

古丑丑亲自动手，把那 6 座灶台统统地拆掉了，桂瑞红也不知道古丑丑究竟想干什么，她望着一身烟灰，头脸黑乎乎的古丑丑，问道："你在找药吗？找到了吗？"

见古丑丑摇头。桂瑞红冷笑一声道："丫头，你难道想装神弄鬼，拖延时间不成？要知道伏牛关战事吃紧，耽误了虞侯的病情，你就算有八个脑袋也不够砍的!"

古丑丑一见桂瑞红冤枉自己，心里一急，眼泪流了出来，等她一解释，桂瑞红才明白，原来这灶塘中经过烟熏火烤的黄泥是一味中药，这味中药名叫伏龙肝，伏龙肝可是疗伤止血的妙药啊，特别是百年的老灶台中烧成的伏龙肝，更具有起死回生的神效啊!

桂瑞红急忙把需要伏龙肝的消息报上了朝廷。天子一听，立刻传下了圣旨，在京城中急寻百年的老灶台，接着又有 20 多座老灶台被发现，等古丑丑把那 20 几座老灶台扒完，她竟彻底失望了，这灶膛里的伏龙肝都不是她所需要的啊。

现在的古丑丑手上脸上都是灰粉炭迹，原本丑陋的她就更是泥涂无色了，看着古丑丑这么辛苦，桂瑞红也是非常感动。可桂瑞红一听灶中的伏龙肝都是不能用的，急得身子一晃，险些倒在了地上，老管家陆副一把将桂瑞红扶住，口中急道："夫人，我看咱们家后厨的灶台也很陈旧，过没过百年那就不知道了，是不是请古姑娘过去看一看?"

桂瑞红一听，急忙和古丑丑来到了后厨，在后厨的东墙角，果然有一个高大的灶台，看那灶台很是陈旧，显然已经有些年头了!

古丑丑亲自动手，把灶台拆开，那里面的灶膛泥都已经被烧成了赤红色。色近赤红的伏龙肝堪称上品，可是古丑丑好像对它们并不感兴趣，她把那十多块伏龙肝一一敲开，也不知道她想在里面寻找什么。眼看伏龙肝被一块块地敲碎，古丑丑的神情也是越来越紧张，如果她不能在伏龙肝里找到她真正需要的东西，她和师傅袁青囊，都得领个庸医误国的大罪了。

地上只剩下最后一块伏龙肝了，古丑丑长长地吁了一口气，两只手一用力，猛地将最后的一块伏龙肝掰开了，果然天不负人，在这块伏龙肝里面，真的有一只死壁虎。这只壁虎是无意间被封在了灶膛泥里，裹在了成型的伏龙肝中，被烧了一百多年后，通体已经成了赤红色，这只被封在灶膛泥中的壁虎经过伏龙肝的焙制，已经成为药用通神的伏龙精了！

古丑丑小心地将上手即碎的壁虎尸体取了出来，放在药碾上，轻轻碾碎。最后古丑丑咬破舌尖，用自己的舌血把伏龙精在银碗中调成了糊状，给陆虞侯端了过来。

桂瑞红也不知道古丑丑为什么要用舌血调伏龙精，一问才知道，伏龙精是碣血之物，服用前，必须用人血减轻他的毒性。桂瑞红听完，也是连连点头。

陆虞侯把伏龙精服了下去，面色立刻红润了起来。过了没有半炷香的时间，陆虞侯不用人扶，竟能站起身来，满室走动，行如常人了。

桂瑞红一见儿子康复，不由得心中大喜，当下重赏古丑丑。没想到古丑丑只拿了一百两银子当路费，便起身和师傅与大家告辞了。

当今天子一听陆虞侯痊愈的消息，龙颜大悦。钦命陆虞侯为平金大帅，陆虞侯跪地听旨，还没等叩头谢恩，忽然鼻孔中竟滴下了血来，随后血流如注，服药针灸根本就不能止住血了。

从皇宫赶来的太医们给陆虞侯一号脉——陆虞侯这是中了阳毒了。伏龙肝中的壁虎能治疗咳血症不假，可拿它当药，治好陆虞侯

的病，一分的量也就足够了，谁会想到古丑丑竟把一整只壁虎都给陆虞侯吃了下去。

这个古丑丑来自渤海郡，该郡毗邻后金。不用想她一定是后金国派来的奸细。毒死了陆虞侯，兀鲁就可以肆无忌惮地进兵了！

陆虞侯全身发热，面色赤红，最后大叫一声，吐血三升，气绝而亡。罪魁元凶古丑丑师徒两个早就逃得无影无踪了。

陆家三代人都战死在伏牛关。陆家的祖坟就在伏牛关的青龙谷中，悲痛万分的桂瑞红把中毒身亡的儿子装殓到了柏木棺材里，领着几十个家人，在御林军的保护下，直奔伏牛关。桂瑞红骑着儿子的战马，跟在队伍的后面，一路撒散着纸钱。

一行人走了10多天，终于来到距伏牛关30里的青龙山，伏牛关大帅熊可典早就接到密报，领着100多名亲兵迎了过来，一行人来到了青龙谷陆家祖坟旁。熊可典早就已经把坟坑挖好了，桂瑞红命人把带来的纸钱点着，在纸灰纷飞中，哭声四起。还没等把陆虞侯的棺椁下葬，就听旁边的松林中"嘟嘟"地响起一阵牛角号的声音，兀鲁骑着黄云马，领着1000多名后金国的虎狼兵冲了出来！

送殡的队伍加在一起也超不过200人啊，熊可典望着手持重锤的兀鲁，看来他们今天真的是凶多吉少了。兀鲁一挥手，1000多名后金军把送殡的队伍包围了起来。桂瑞红用手指着兀鲁的鼻子骂道："兀鲁，你真的是太卑鄙了！"

兀鲁呵呵大笑道："陆虞侯害了我父亲，爷爷现在就要开棺鞭尸，报仇雪恨！"

兀鲁话音未落，就见陆虞侯的棺材盖子"轰"地一声被掀上了半空。陆虞侯手挥银枪，竟从棺材里面一下子跃了出来，他飞身跃上了桂瑞红骑来的战马，驰骋纵横的样子，就好像身着银甲的天神一般。兀鲁哪会想到，陆虞侯竟在装死，望着银枪白马，可圈可点的陆虞侯，兀鲁吃惊地叫道："袁青囊这斯误我！"

陆虞侯冷笑道："袁青囊贪财，不代表古姑娘也贪财，古丑丑没有忘记她是大宋的子民，是她救了我，兀鲁，你拿命来！"

熊可典命手下对天空射出 3 枝响箭，埋伏的 3000 宋军冲了出来，双方一场混战，后金军被尽数全歼，惊慌失措的兀鲁被陆虞侯一枪入肋，挑落马下。陆虞侯身体刚刚复原，一场激战，体力不支，最后，竟一下从马上掉了下来。他倒在母亲桂瑞红的怀中，口中又在不停地咳血。

暗中跟来的古丑丑从松林中冲了出来，她赶忙给陆虞侯服用了一颗用伏龙精做的止血丹。那天她并没把那一整只壁虎伏龙精给陆虞侯服下去。袁青囊想害陆虞侯的计划她早就已经告诉了桂瑞红，陆虞侯吐血那都是假装的。

袁青囊出了京城，急忙用信鸽给兀鲁报喜，兀鲁一听陆虞侯吐血而亡，要下葬边关，急忙领兵来袭，没想到叫棋高一着的陆虞侯给算计了！

古丑丑给陆虞侯喂过了药，见他病情稳定，刚要转身走，没想到陆虞侯一伸手，抓住的她的右手腕，柔情地说道："古姑娘，你，你真的不能走！"

古丑丑还以为陆虞侯要向她逼问袁青囊的下落呢，一脸急色地道："陆将军，您就高抬贵手，放过我师傅吧！"

陆虞侯一听，摇了摇头，郑重地说道："我是要你留在我身边，我真的不能放你走了！"

古丑丑望着陆虞侯含情脉脉的眼睛，忽然明白了什么，她的脸"腾"地一下红了，可她想了想，又不情愿地抽回了手，转身拿起药囊，还没等起步，就被桂瑞红一把抓住了。桂瑞红真诚地说道："古姑娘，你就留下来吧，我们陆家世代忠良，重品不重貌，古姑

娘医术高深，可谓有才有德，京城虽然美女如云，可我们陆家缺的是你这样的好媳妇，你就留下来吧！"

桂瑞红一边说，古丑丑一边流泪，听到最后，古丑丑羞涩地点了点头。陆虞侯一见古姑娘答应了，兴奋得就像孩子一样，在青龙谷中跳了起来。

玉山大酒海

　　玉山镇地处辽西，因为盛产老烧锅酒，已经成为闻名遐迩的酒镇。可现在白酒市场竞争激烈，镇里的十几家小酒厂纷纷倒闭，现在产酒的厂子只剩下两家了，一家是侯发山的盛金酒厂，另一家就是赵三多的玉林酒厂了。

　　盛金酒厂走的是酿造白酒的高端路线，酿造出的白酒酒质清澈透亮，开瓶后香气袭人，他们的产品已经牢牢地占领了东北三省的白酒市场。侯发山也真是个商业的奇才，他成功后，不惜重金，从德国又购进了新型的白酒酿造设备，成了省里首屈一指的酿酒大厂。

　　赵三多和侯发山可就没法比了，玉林酒厂生产低档的勾兑白酒，随着城乡那些专买便宜白酒喝的酒仙们的口味不断提高，他的低价白酒也是越来越难卖了。玉林酒厂已经半年没有发工资了，60多名工人走得只剩下了七八个，看着剩下的几名工人唉声叹气的样子，赵三多的心比吃了黄连都苦。

　　勾兑白酒看样子是没有出路了，赵三多把手一挥，还是加一个传统的烧酒项目吧。因为没有资金，自然请不起工程队，赵三多指挥着酒厂的工人们先把玉林酒厂的老仓库拆掉了。望着清理出的那块地皮，工人们就开始挖烧锅酒灶的地基。

　　老酒库的地面被夯得跟铁板一样硬，挖了多半天，才挖下去一米多深，再往下就挖不动了。赵三多没办法，只得抄起铁锹亲自跳进土坑里。他刚用脚一蹬锹头，就听"咔嚓"一声响，锹尖正铲到

了石头上，真是人倒霉，这石头蛋子也欺负啊。气得赵三多从坑边摸过一把镐头，对着那块石头老爷狠狠地刨去，刚刨没有两下，就听"轰隆"地一声，赵三多只觉得脚下一软，他连人带镐全都陷了进去。

赵三多连人带镐掉到了一个巨大的木制酒海里，酒海就是装酒的大木桶啊！工人们七手八脚地把他拉出酒海，赵三多身上的衣服被酒浸透了，惨得就跟落汤鸡似的，他身上的酒味香气四溢，这种勾魂摄魄的酒香可是赵三多头一回嗅到啊！

这座废弃的酒库算起来绝对有 100 多年的历史，不用想，装在地下酒海中的酒液也一定是古酒了。赵三多乐得一蹦三尺高，这下子他可要发达了。

他一边组织人把地下的大酒海清理出来，一边给儿子赵睿打电话报喜。赵睿在南京科技大学念书，他的毕业考试已经考完了，正在学校等着拿学位证书呢。他在电话里听父亲说发现了大酒海，也是兴奋得连声贺喜。

赵三多发现古酒的消息在玉林镇刚一传开，侯发山领着女儿侯丽丽就找上门来。侯发山望着那个一人高的大酒海，说道："这酒海里面装的鹿血酒可是我们侯家的啊！"

古酒怎么成了鹿血酒？从玉林酒厂起出的大酒海怎么成了侯家的？赵三多听完，眼睛瞪成了铜铃铛，他指着侯发山的鼻子吼道："侯发山，你胡说！"

侯丽丽一见两个人吵了起来，她急忙从公文包里摸出了一张古旧的黄绢纸，那上面写的是一份契约，立约人竟是赵侯两家的先祖。赵侯两家的先祖还是同喝过血酒的盟兄弟呢。

清朝的时候，他们两家的酒厂也是玉林镇的大酒厂。可是盛金酒厂的酒库小，侯发山的先祖就把自己家的 12 个大酒海装满白酒，然后运到玉林酒厂，埋到了酒库的地下。契约上写得清清楚楚，那

12 个酒海和里面装的鹿血酒都归盛金酒厂所有，候家在取走鹿血酒的时候，要付给玉林酒厂一定量的酬谢。

赵三多看完那份契约，他把脑袋晃成了货郎鼓，嚷道："假的，这份契约一定是假的，你想侵吞我们赵家的古酒，我要到法庭上告你们去！"

正当两个人在争论不休的时候，就听办公室的门一响，是赵睿回来了。赵三多一见儿子回来了，就好像见到了救星，他急忙把候发山要图谋自家古酒的经过说了一遍。候发山冷笑道："赵睿，你是受过高等教育的大学生，过来看一下。"

赵睿跟在候发山的身后，来到了那个巨大的酒海旁，果然在酒海的桶壁上，雕刻着"盛金侯记酒厂"6 个字。这个盛酒的酒海显然是侯家的！

候发山领着工人，在废弃酒库的旧址上起出了另外 11 个酒海，赵三多这一次真的没话可说了。候发山拍着赵睿的肩膀说道："大侄子，三天之后，我来取酒，这看守鹿血酒的任务就交给你了！"

候发山领着闺女侯丽丽走后，空欢喜一场的赵三多一屁股坐到了椅子上。赵睿想了想，拿出了手机，他先给省电视台打了个电话，那个姓吴的新闻导演一听发现了 12 个酒海的古酒，当时就来了兴趣，第二天下午，吴导演领着摄制组就来到了玉林镇。

赵睿站在酒海边，面对摄像机的镜头侃侃而谈——这不是为侯家的盛金酒厂作免费宣传吗？赵三多看了几眼，气呼呼地一甩袖子回办公室去了。

玉林酒厂发现古酒的新闻在省电视台一播。玉林镇和市里的领导一起找上了门来。几位领导看完那 12 个大酒海都是啧啧称奇，要知道这 12 个酒海可不是一般的木桶啊，酒海的内壁在盛放老烧锅酒前，都贴上了沾满鹿血和香油的宣纸，经过这一百多年的浸润和发酵，鹿血和香油的成分全都渗到了烧锅酒里，这普通的烧锅酒就变

成了珍贵的鹿血酒。鹿血酒色泽如金，香飘十里！这可是人间难得一见的佳酿啊！

市里的领导临走前，一再叮嘱镇领导。一定要把玉林酒厂酿造鹿血酒的传统工艺发扬光大，争取把鹿血酒做成玉林镇酒业一张可以拿得出手的名片啊！

玉林只是一个小镇，镇领导开会一研究，最后决定拨款 10 万元支持玉林酒厂重建，可是区区的 10 万元也只是杯水车薪啊。这点钱别说购买现代化的酿酒设备，就是做内壁贴满鹿血宣纸的大酒海，恐怕都做不过 10 个。

三天后，侯丽丽领车过来，将那 12 个大酒海都拉走了。看着侯丽丽和赵睿连说带笑的样子，赵三多眼前一亮，他把儿子拉进办公室，低声问道："你看那个侯丽丽怎么样？"要知道侯发山现在可是身家千万，他就只有这一个闺女，赵睿真要是把侯丽丽追到手，何愁侯家的盛金酒厂以后不姓赵啊！

赵睿听完父亲的话，他皱着眉头说道："爹，我和丽丽是有那么点意思，可您怎么想来想去都离不开酒厂的利益呢？"

赵三多刚要骂儿子混蛋，他腰上的手机就响了。电话竟是侯发山打来的。原来侯发山已经和广州一家拍卖公司联系好了，他要把鹿血酒装到小瓶里，然后运到广州去拍卖，他邀请赵家父子一路同行，拍卖完古酒后，他会分百分之一的保管费给玉林酒厂的。

百分之一的保管费，赵三多听完鼻子差点气歪，他自然一口回绝。可是赵睿却非去不可，赵三多拧不过儿子，只好把厂子的公章和自己的私章都交给了儿子。毕竟领取保管费需要这些东西啊！

800 多瓶鹿血古酒经过拍卖，一共卖出了 3200 多万人名币的高价。赵三多在手机里听完儿子的汇报，他也一下子愣住了，谁会想到那 12 桶古酒竟然会那么值钱。按百分之一的比例算来，赵家应得 32 万，用这笔钱确实能再建一个小型的烧锅酒厂了。

　　两天后，赵三多好不容易把儿子盼了回来，可是赵睿却把一张100万元的支票塞到了赵三多的手里。这个赵睿竟私自把玉林酒厂卖给侯发山了。

　　以后再也没有玉林酒厂了。赵三多把酒厂经营得快到破产，没想到赵睿更败家，这个败家子竟然擅自做主，把厂子转手卖给了侯发山。赵三多刚要抡巴掌揍儿子，没想到赵睿鬼精得很，他"吱溜"一声，从办公室跑到了院子里。然后理直气壮地嚷道："爹，是你偷工减料，把酒厂干到了快要倒闭了，我找人估算过，就您这个破酒厂最多值50万，人家给咱们100万，还是我们赚了！"

　　盛金酒厂又进账3000多万，如今的玉林酒厂只是一个鸡蛋，拿什么和盛金酒厂这个硬石头碰啊。赵三多哭丧着脸，也只好认栽了！为了安慰赵三多，赵睿替父亲报名，参加了一个游览五大连池的旅游团，赵三多也确实想到长白山散散心去。五大连池风景区果然不同凡响，半个月的旅游结束后，赵睿给赵三多打电话，叫他到天池边的疗养院住几天，长白山的温泉浴那可是全国闻名的啊！

　　赵三多在酒厂摸爬滚打了这么些年，真的有些累了。他每天吃山珍，住宾馆，洗温泉，优哉游哉地过了两个多月，在秋风阵阵中，他又回到了玉林镇。自家酒厂低矮的房子早就已经没有影子了，代之而起的是一大片整洁的活动厂房。

　　赵三多正在叹气，没想到"吱嘎"一声煞车响，一辆奥迪车停在了他的身后，侯发山推开车门，跳下车。他一把抓住赵三多的胳膊叫道："赵厂长，一向可好啊！"

　　赵三多一甩胳膊，没好气地说道："玉林酒厂归你了，这下你得意了吧？"

　　侯发山用手往厂子里一指，只见赵睿和侯丽丽站在酿酒车间的外面，正亲热地靠在一起研究图纸呢。侯发山笑道："我也没有想到将来会和你个老顽固做亲家。不过我可以告诉你，这座酒厂还叫

玉林酒厂，厂长是你儿子赵睿，玉林酒厂准备上一条生产线，专门生产鹿血酒啊！"

侯发山的目标远大，如果鹿血酒推向市场成功，他将来还要成立一个盛玉金林酒业集团呢！

赵睿一见父亲，急忙迎了出来，玉林酒厂并没有换姓，还是老赵家的买卖，那12桶鹿血酒其实并非侯家的财产，而是赵家的先祖给后辈们留下的宝贝。赵家的先祖见儿子有不老实经营酒厂的迹象，便暗暗感觉到玉林酒厂的前途一定不妙，他就找到侯家的先祖写了个假契约，然后悄悄地埋下了12木桶的鹿血酒，作为赵家儿孙以后酒厂失败后翻本的本钱！

侯发山早就知道这份契约，他也知道那12桶价值连城的古酒，赵三多做勾兑的低价酒走进了死胡同，侯发山假装收回鹿血酒，然后用卖出的3000多万元巨款替玉林酒厂重新购进了现代化的酿酒设备，玉林酒厂不倒，侯家真的是功不可没啊！

如果侯发山将那笔巨款据为己有，赵家又能把他怎么样呢？赵三多一把抓住了侯发山的胳膊，激动得都不知道说什么好了。侯发山笑道："侯家的酒厂一步步地发展，全靠一个"信"字在支撑，不该我得到的钱，我是不会沾的！"

赵三多抹去眼角的泪水，喃喃地说道："是啊，我们赵家唯独缺的就是这个"信"字，将它找回来后，相信玉林酒厂一定能够发展壮大的！"

三叠壶

一、三叠怪壶

西安是六朝古都，陈家的古玩店就坐落在西安大雁塔底下。蚕眉细目的陈普山今年40多岁，他身穿云绸裤褂，手里拿着个紫砂的小手壶，他和牛百寒一起站在博古架下，牛百寒是瑞祥茶楼集团的老板。陈普山对着牛百寒正推销自己新收上来的青花茶叶罐子呢，就在这时，红木珠的门帘子"哗啦"一响，从古玩店的门外走进来一个年轻人。

年轻人身穿半旧的蓝色夹克衫，他的头发乱蓬蓬的，看他神情倦怠的模样，好像近况很是潦倒。年轻人名叫刘斌，他右手提着一个编织袋子，袋子沉甸甸的，他这是卖古董来了！

陈普山看着刘斌脏兮兮的模样也是暗中皱眉。他一伸手，把刘斌让到酸枝木的椅子上坐定，然后他提壶给刘斌和牛百寒各倒了一杯银丝铁券茶。这银丝铁券可是西安云雾山的特产啊，清朝时此茶是朝廷的贡品，普通老百姓想喝都喝不到呢！

刘斌看样子是真渴了，他一扬脖子"咕嘟"一声，将一杯茶全都倒进了喉咙里。

牛百寒一见这毛头小子如此糟蹋好东西，嘴角不由得露出了一丝嘲弄的讪笑。刘斌喝完茶水，他看了一眼陈普山，然后弯腰打开编织袋子，从里面摸出三只古色古香的茶壶来。

陈普山看罢三只茶壶，也一下子愣住了，这三只茶壶绝对是紫砂所制，因为年深日久，壶体散发着幽幽的金属光泽。这三把壶外形一样，可是大小有别。最小的茶壶也就香瓜般大，中号的茶壶可比小个的西瓜，最大的那只茶壶看上去像极了一只老南瓜。

陈普山的父亲陈停云可是西安城中首屈一指的制壶名家。陈普山幼承庭训，他鉴壶的这门手艺可以说是十分专业的。

这三把紫砂壶壶身都呈圆形，两道弯的壶嘴，持柄呈半方形状，壶品的优劣讲究"圆、稳、匀、正"，这三把茶壶做工精致细腻，放在桌子上四平八稳，又泱泱大气。看起来它们都非凡品啊。陈普山端详了一会，他指着中号和大号的两只茶壶说道："盖呢?"

刘斌低声解释道："这东西叫三叠壶，最底下的两只壶没有壶盖!"刘斌讲完，见陈普山还不明白，他便将那三把壶一个压一个的叠了起来。

中号茶壶的圆底，就是最底下那个大号茶壶的壶盖，那个戴盖的小号茶壶，落到了中号茶壶的上面。陈普山开了十几年的古玩店，什么供春壶，大彬壶都在他的手里过过，可是他却没见过三叠壶啊!

一旁喝茶的牛百寒看着那古怪的三叠壶，他的眼睛也一下子直了!

陈普山拿起三叠壶最上面的小壶，将壶底朝天，翻上一看，只见那圆形的壶底上铭着"啸天"两个篆书的款识，这两个字古朴典雅，颇有晋唐风格。陈普山对这两个字是太熟悉不过，这就是前清制壶名家陈啸天的镌壶款识啊。陈啸天就是陈普山的先祖啊!

汪文柏曾经作诗褒扬陈啸天——古来技巧能几人，陈生圣手必绝伦。陈啸天虽然名声显赫，可是他是否做过三叠壶，陈普山也是不清楚啊。

刘斌见陈普山为难，他抹了一下眼角说道："赵老板，我母亲因为心梗，在市第二医院正准备做支架手术呢，只要您能出 10 万元，这三把壶就都是您的了！"

啸天壶在香港大丰公司组织的拍卖会上，曾经拍过 50 万人民币的高价。这个刘斌真的是笨得可笑，他要是单拿着带盖的小紫砂壶出来卖，恐怕 10 万元早就已经到手了！"

刘斌见陈普山不说话，他眼睛一红，继续说道："我们家的祖训是人在壶在……可是为了救我娘的性命，我只有当一回不肖子孙了！"

三叠壶被陈普山 8 万块买到了手里。刘斌连声感谢，钱货两清后，刘斌拿着那 8 万元块钱打车直奔医院交手术费去了。

牛百寒围着那个三叠壶转了几圈，然后他一拍陈普山的肩膀说道："赵老弟，这三叠壶卖多少钱，我买！"

陈普山伸出了一只手，前后翻了 4 下，牛百寒急忙从怀里摸出支票本"刷刷"几笔，就开出了一张 20 万的支票，还没等陈普山反应过来，牛百寒就抱着三叠壶走出了店门，他的司机急忙把卡迪拉克开了过来，牛百寒上了轿车，司机一踩油门，牛百寒扬长而去。

陈普山卖完三叠壶，也觉得后悔，可是他追出来的时候，牛百寒的卡迪拉克早就没有影子了。要说起牛百寒的吝啬，那在西安城里都是有名的，难道这三叠壶真的是宝贝。不然他买它做什么呢？

陈普山也是糊涂了！

二、八代契约

陈停云在西安城的东街有一座停云茶楼，可是由于地势偏僻，生意很是清淡。三年前，牛百寒来到西安，买下了十几家茶楼，成

立了瑞祥茶楼集团。停云茶楼自然抵不住瑞祥茶楼集团的联合进攻，眼看着停云茶楼就要支持不下去了，陈停云老爷子没有办法，他这几天去了趟云雾山，对云雾山的特产银丝铁券茶进行了一番实地考察。

要知道300多年前，银丝铁券茶可是天下名茶之首啊。可是这产量甚微的绝顶好茶被列为宫廷贡品后，就与茶楼彻底绝缘了。西安城的官府接管茶园后，因为不会侍弄茶树，以至于茶树的品质连年下降，清朝灭亡后，银丝铁券茶的茶树枯死大半，那茶叶的品质更是退化得惨不忍睹。陈停云去云雾山的目的就是想重振银丝铁券茶的威名啊。

陈停云回到西安市的时候，已经是晚上9点多了，他听到三叠壶的消息，急得连连跺脚，那三叠壶可是个宝贝啊，别说20万，就是200万也不能卖啊！陈普山急忙发动奥迪车，载着父亲直奔紫云山别墅牛百寒的家，到了地方，陈氏父子一下子都愣住了，牛百寒的16号别墅前灯光闪耀，停着3辆警车，原来今天白天，牛百寒去朋友家赴宴，回来后才发现他家的别墅失盗了。那珍贵的三叠壶竟被该死的盗贼从保险柜中偷去了！

陈停云找牛百寒的目的就是想高价赎回三叠壶啊，现在三叠壶失盗，看来他想重振银丝铁券茶威名的计划真的是要彻底落空了！

坐在车里的陈停云忽然一拍脑门，叫道："只要找到刘斌，也许我们就能知道三叠壶的秘密啊！"

陈家父子来到市第二医院一打听才知道，刘斌的母亲田桂兰的心脏支架手术已经做完，前天田桂兰就已经出院回古茶镇去了。

古茶镇是个有几百年历史的大镇，灰墙黛瓦，青石板的街道，一切还是过去古朴的老样子。陈普山一边问路，一边开车，奥迪车东转西转，拐了十几个弯后，终于在一座老宅子的外面停住了！

　　陈普山远远地就见那座老宅子的门口停着一辆黑色的卡迪拉克。一看车牌号，这不是牛百寒的车吗？陈停云急忙走下车，他刚来到那两扇虚掩的木门前，就听见里面传出来激烈的争吵声，随后大门"咣当"一声被撞开，刘斌被一个黑大汉一拳打中了鼻子，他满脸是血，一头从台阶上轱辘了下来。

　　这个打人的黑大汉就是刘斌的弟弟刘武啊。刘武伙同海外的文物贩子倒卖文物，被判刑6年，三个月前，他才从监狱里放了出来。刘武今天上午回家后，听说哥哥刘斌把传家之宝三叠壶卖掉，给老娘做支架手术了，他气得从椅子上直蹦了起来，要知道这三叠壶是祖传之宝，也有他的一份啊。蛮不讲理的刘武挥拳就把刘斌打得满脸是血！

　　听到屋内田桂花的哭喊声，陈停云用手指着刘武的鼻子叫道："你小子太过分了！"讲罢，功夫在身的陈停云飞身上前，将挥拳头还想打人的刘武一个扫堂腿撂倒在地。

　　刘武拍拍屁股，爬了起来，他色厉内荏地叫道："干啥，你们还想帮刘斌打架吗？"

　　陈停云从衣服兜里摸出一张名片，递给了刘斌，他将邀请刘斌到自己的茶楼上班的想法一说，没想到旁边站着的牛百寒冷笑道："赵老板，做事情可得有个先来后到啊，我今天来古茶镇，就是想高薪聘请刘斌到瑞祥茶楼当开发部经理的！"

　　陈停云和牛百寒两个人争持不下，最后互相竞价，牛百寒财大气粗，竟把刘斌的工资开到了一月两万！

　　陈停云看着发愣的刘斌"嘿嘿"一笑，他在皮包里一摸，竟摸出一个紫檀木的小盒子来，打开小盒子，里面是竟一张发黄的契约，刘斌狐疑地接过那张契约一看——这张契约竟是300多年前的老东西，立约人竟是陈啸天和刘家的先祖。这三叠茶壶是刘家的东

西不假，可是刘家先祖当时却没付给陈家制作三叠壶的银子，也就是说三叠壶是陈啸天租借给刘家的，刘斌将三叠壶卖了 8 万块钱，这笔钱理应归陈停云所有。换句话说，刘斌没有权利变卖不属于自己家的三叠壶。

刘武一听陈停云是上门讨账的，他幸灾乐祸地看着哥哥刘斌。刘斌急忙回到屋子里，将躺在床上的老娘田桂兰扶了出来。

田桂兰看罢陈停云手中的契约，她默默地点了点头。她丈夫刘子杰生前曾经不止一次地跟她说过，刘家欠陈家的人情，这三叠壶并不归刘家所有，不管遇到什么情况，刘家的子孙都不可以卖三叠壶。

田桂兰点头说道："人死账不烂，这张契约我们刘家后人认，刘斌是刘家的长子长孙，我这就叫他收拾一下，然后到您的停云茶楼打工还债去！"

牛百寒刚要反对，就听刘武怪叫道："你们请刘斌有什么用，想知道银丝铁券茶的浸泡秘方，跟我要啊！"刘武讲完，返身回屋，他托着一个挂着铜锁的红木盒子走到了众人面前，继续说道："这里面有一本茶经，这就是我们刘家当年开茶楼发财的秘籍啊！"

牛百寒一见刘武拿着装着秘方的盒子，就好像屎壳郎见到了粪蛋蛋，他上前一把抓住了刘武的胳膊，急切地说道："好，我们瑞祥茶楼开发部经理的宝座非你莫属，月工资两万，记住，到年底还有红利啊！"

刘武抱着红木盒子，大摇大摆地跟着牛百寒上了卡迪拉克车。看着轿车鸣着喇叭开走，刘斌对陈停云说道："您等我把家里的事情安排一下，我明天一早就到停云茶楼报到去！"

刘斌送走了陈停云，他扶着老娘正要进门，就听到脚下"当啷"一声轻响，原来是他脖子上挂的那个小铁牌从衣服里掉了出来。这块小铁牌子上面镌刻着一个"二"字，这可是他父亲刘子杰留给他的遗物啊。

这样的铁牌在刘武的脖子上也有一块，那上面写着一个"中"字，据母亲说，刘家的祖先最先在一个叫二中山的小地方开茶楼。这两个牌子就是提醒他们不要忘本！

第二天一大早，刘斌坐上公共汽车，直接来到了西安东街的停云茶楼。停云茶楼楼高三层，虽然装修豪华，可是生意却十分清淡。

刘家茶楼当年可是西安茶楼界的头把交椅啊，银丝铁券茶就是刘家茶楼发现并首先推出的。而三叠壶在传说中，就是浸泡银丝铁券茶的秘密武器。陈停云看来也在惦记着银丝铁券茶的秘方啊！

三、名茶不再

牛百寒别墅里的三叠壶被窃案因为没有线索，已经陷入了僵局。刘斌这些日子废寝忘食地加班，他正一遍遍地用各种方法复原银丝铁券茶的浸泡方法呢。

虽然在现代的法律面前，那张 300 年前的借据并不生效，可是刘家的子孙真的没有背信弃义啊。经过刘斌几百次的试验，复原银丝铁券茶的工作却没有取得任何进展，研发工作陷入了僵局。

刘斌家的先祖在西安城里开了 200 多年的茶楼，刘家茶楼发达的根本原因就是他最先推出了香飘十里的银丝铁券茶啊。

当时的清朝皇帝听说了银丝铁券茶的威名，便将一道圣旨传到了西安。产量极微的银丝铁券茶被强划为宫廷用茶，刘家茶楼没有了茶源，茶楼的生意才开始一蹶不振的。刘家茶楼惨淡经营，一直坚持到了民国，最后，刘家茶楼毁于日本人的飞机轰炸。茶楼被炸毁后，刘子杰的父亲没有办法，只得领着一家老小回古茶镇老家务

农去了！。

刘斌也不知道自己家的先祖究竟有什么奇异的手段，竟能泡出当年的绝品银丝铁券茶。根据西安城的城志记载，银丝铁券被泡出后，茶香四溢，楼下街上的行人，都会闻到诱人的香气。

陈停云这几天也没听到牛百寒有什么动静，看来他们那边复原银丝铁券茶的工作进展得也不很顺利。

陈停云安慰了刘斌几句，叫他不要太急躁，可是刘斌能不急吗——要说这泡茶的手艺无非是在火候汤头和器具上下功夫，难道刘家的先人真的有什么秘诀在里面吗？

刘斌看过前清的一本茶经，名叫《奇茗谱》，那上面曾记载，银丝铁券之所以得名，就是因为茶叶表面生长着一道道不规则的白色绒毛，不管当时还是现在，茶行都是根据绒毛的多寡长短分等级论质量的，当然是绒毛越长越多，茶叶的等级也就越高！

刘斌提出要到茶叶的原产地看看去。陈停云点头表示同意，第二天一大早，他就开着奥迪车和刘斌一起，直奔云雾山。

云雾山距离西安城100多公里，山高林密，潮湿多雾，这里的地质条件和气候非常适合茶树的生长。几百年前，这里的银丝铁券茶树还有1000多棵，可是自从这种珍贵的茶叶成了贡品后，西安府的府衙派来的茶场总管缺少管理经验，以至于这里的茶树越来越少，到最后就剩下可怜的十几棵了。

刘斌坐车一路行来，总觉得身后有一辆黑色的桑塔纳在跟踪自己，可是回头细看，那辆桑塔纳却没有影子了。陈停云老爷子有功夫在身，胆雄气壮，自然不怕。两个人把车停到山外的宾馆，他们沿着崎岖的山路走了小半天，终于来到了铁冠峰下银丝铁券茶的茶园。

茶园的老板姓马，名叫马犇。陈停云因为开茶楼，经常要买茶进货，所以他和马犇是老熟人。可是看着茶园里那十几棵干巴巴的老茶树，陈停云也是忍不住一个劲地唉声叹气。

马犇拿出新炒的银丝铁券茶，茶叶上面的白色银丝都已经退化得快没有了。茶叶沏好，刘斌和陈停云一尝，也都是暗中摇头，现在的银丝铁券质量平平，哪有什么叫人心动的滋味？

两个人在马犇的家里住了下来。山里的天，黑得早，听着山里莫名的鸟叫声，刘斌翻来覆去睡不着觉。听着陈停云发出的均匀呼噜声，刘斌扯过毛毯，蒙住脑袋，他刚要强迫自己入眠，就听不远处的山坡上忽然响起了一阵古怪的"扑啦、扑啦"声，刘斌一轱辘从床上爬了起来。

四、再见奇壶

刘斌悄悄地穿衣下地，他循着那"扑啦啦"的响声，悄悄地来到了茶园。刘斌东瞧西望，最后才发现那声音的来源，原来在那茶树的树叶上，竟落着几十只浑身生满花纹的蛾子，这些古怪的蛾子"扑啦啦"地扇着翅膀，它们正伸出长长的唇针，吸食着茶叶叶脉中的养分呢。

这群古怪的蛾子一边吃食，一边从腹部分泌出一种乳白色的黏液。黏液都落到了茶叶的叶片上。可是吸着吸着，就见有不少贪吃的蛾子晃荡着身体，从茶树的枝叶上掉落到了地上，最后扑棱着翅膀毙命了！

刘斌心中好奇，他刚要往前走几步看看究竟发生了什么情况，就觉得脚底一软，好像踩到了什么东西上。刘斌弯腰在草丛里一摸，竟拣出了一个塑料瓶子，这是一个废弃的农药瓶啊。不用想，这些夜里打食的蛾子就是被茶叶上喷涂的农药毒死的啊！

刘斌伸手从树上摘下了一片被茶蛾吸食过的茶树叶。看着叶面上的那几道茶蛾分泌的白色黏液他愣住了，难道茶叶表面的银丝不是茶树叶面自然生长出来的，而是这种茶蛾子胸口上的分泌物？

刘斌看着剩下的几只没被毒死的茶蛾拍打着翅膀飞走，他一路小跑地跟在茶蛾的身后，直奔山里而去。1个多小时后，刘斌就发现前面的山坡上有一座古庙，庙后的石头空隙间，长着一颗古老的银丝铁券茶的茶树，就在茶树的叶子上面，落着满满的一层茶蛾。

如果茶蛾是害虫的话，那么这棵落满茶蛾的茶树早就应该枯萎而死了，可是看着这棵大茶树非但没有枯萎的样子，反倒根深叶茂，欣欣向荣。

刘斌正要仔细观察一下，没想到古庙的庙门"吱"地一声打开了，从里面走出了马犇和牛百寒，刘斌一闪身，躲到了庙墙的背后。这两个人来到了那颗古老的银丝铁券茶的茶树下面，将夜宿的茶蛾赶走，马犇将上面的茶叶摘下不少，然后放到了一个小笆箩里。

这里是一座山神庙，只不过庙里的泥像早就已经坍塌了。灯烛摇曳下，这两个人回到庙中，刘斌伸头往庙里一看，也愣住了，原来黑铁塔似的刘武被绑在了支撑着庙梁的木柱子上。马犇回到庙里，把新采来的茶叶放进烧热的铁锅里，然后伸手炒起茶来，过了一会，新茶炒得，马犇从旁边的一个皮箱子里竟把三叠壶拿了出来！

三叠壶并没有丢，为了叫宝壶不被陈停云所得，牛百寒竟假名失盗，将三叠壶藏了起来。这个牛百寒真的是老奸巨猾啊，气得刘斌也是暗中咬牙。他本想转到庙后的木窗外，将庙里的情形看得更清楚一些，没想到脚底下"咔嚓"一声响，他正好把一个半截的瓦片踩断了。

庙里的两个人一听外面有动静，马犇"嗖"地一声，从庙内直冲了出来。刘斌体格单薄，哪是牛百寒和马犇的对手，特别是马犇，别看长得文文弱弱，功夫却高得出奇。没有两个回合，刘斌就被马犇扭住了胳臂，押到了土地庙里。

刘斌怪叫道："放开我，放开我！"马犇找根绳子，将刘斌也捆到绑着刘武的庙柱子上，牛百寒望着刘斌"嘿嘿"一阵冷笑道："知道你们为什么不能泡出真正的银丝铁券茶吗，那是因为银丝铁券茶品质退化，你在茶园喝到的茶叶那根本就不能叫做银丝铁券茶！"

原来银丝铁券茶的茶树上长得只是黑乎乎的茶叶，那茶叶表面上的银丝，都是茶蛾所赐。茶蛾根本就不能算是害虫，它吸食完茶叶中的养分，留在茶叶表面的白色分泌物还是天然的叶面肥呢。当年的西安知府将茶园收归朝廷所有，他们这帮外行却把茶蛾误认成了害虫，捕捉喷毒，致使和茶树共生的茶蛾越来越少，银丝铁券茶的品质也就越来越差！最后竟使铁券茶沦为二流货色了！

马犇到庙后取来了一捆干柴，不一会就烧沸了一锅山泉水。刘武拿走的那个红木盒子里是一本古老的茶经，茶经中就记载着这个用茶水泡茶的怪招。茶水泡茶也好理解，就是用最大的壶泡好茶后，将大壶里的茶水倒进中号的壶中，再用中号壶里的茶水把小号茶壶里的茶叶泡好。刘武发掘出这个怪招，自觉功劳甚大，竟异想天开地要分瑞祥茶楼的股份，牛百寒不给，刘武竟和牛百寒动起粗来，结果马犇出手，将刘武臭揍了一顿，然后用绳子将他绑了起来，这就是以往的经过。刘斌对牛百寒已经失去利用的价值了，看来今天他也是凶多吉少了！

三叠壶中两壶茶水的精华都集中到了最小的那只茶壶里。果然没过多长时间，小壶里的茶水泡好，庙里飘起了淡淡的茶香。

五、真的秘密

刘斌看着牛百寒和马犇高兴得手舞足蹈的样子，便用下巴指了指自己的胸口，牛百寒一伸手，将他怀里的那本《西安城志》取了出来，看完上面关于银丝铁券香飘满街的介绍，牛百寒是再也笑不出来了。

马犇咬牙切齿地抽出了一把匕首，他用匕首指着刘斌的鼻子低吼道："说，银丝铁券茶背后究竟有什么秘密?"

马犇见刘斌不说话，气得他挥动匕首正要给刘斌身上戳几个窟窿，就见庙窗外"嗖"地飞进来一个小石子，马犇手里的匕首"当"地一声被打落在地上。

陈停云一脚踢开庙门，飞身冲进了庙内。刘斌夜追茶蛾，老爷子早就知道，他暗中跟到了土地庙，见刘斌遇到危险，他岂有不出手的道理。马犇哪知陈停云的厉害，他一声怪叫，挥拳便打，可是没过3招，陈停云上面虚晃一掌，底下一个扫堂腿，马犇"咕咚"一声倒在了地上，他的左腿被陈停云踢断，倒在地上只有惨叫的份了。

看着陈停云一步步逼进，牛百寒"嗖"地从怀里摸出了一把手枪，他用黑洞洞的枪口指着陈停云的鼻子，可是陈停云面不改色，竟还是一步步地逼来。牛百寒持枪的右手直哆嗦，他忽然调转枪口，将手枪对准桌子上的三叠壶，高声叫道："闪开，你要是再往前来，我可开枪了!"

陈停云冷笑一声，说道："开枪吧，这三叠壶是你花20万买去的，打碎了也是你自己的东西!"

刘武眼看着他家祖传的三叠壶就要毁于一旦了，他怪嚎一声，猛地用力一挣，就听"咔嚓"一声响，绑着他的木柱子一下子就折断了！这座土地庙的庙梁早就有裂纹，支撑着庙梁的木柱子一断，庙梁也随即一折为二，土地庙的屋顶"轰隆"地一声倒塌了！

牛百寒的胳膊被断檩条砸中，他手里的枪"砰"地一声走火了，子弹正射中刘武的左胳膊……陈停云被庙梁压折了一条腿。马犇却被倒塌的庙墙砸死了。牛百寒只是被砸折了一条胳膊，他从瓦砾中最先爬了出来，牛百寒望着咬牙切齿的刘武，吓得一声怪叫，转身就跑，刘武随后紧追，不大一会儿，两个人都消失在了山谷中。

刘斌费尽力气才从瓦砾堆中钻了出来，等他褪去身上的绑绳，这才把陈停云从庙梁下救了出来，断了一条腿的陈停云顾不得疼痛，他用鼻子嗅着湿漉漉的夜气，对刘斌说道："你闻这是什么香味？"

果然在山岚夜气中，弥漫起一股沁人心脾的茶香，刘斌踩着瓦砾，三步并做两步地来到庙中放置三叠壶的位置，等他扒开瓦砾和檩条，那小号和中号的三叠壶都已经被砸碎了。最大的那个三叠壶只剩下了一半的壶底，斜倒在了桌子上，半拉壶里的茶水滴滴嗒嗒流淌出来，直流到地上的银丝铁券茶上，扑鼻的茶香，就是从地面茶叶上发出的。

刘斌看着地上的银丝铁券茶不由得眼睛一亮，他惊喜地叫道："我知道了三叠壶的秘密了！"

刘斌和陈停云回到了西安市，刘斌到公安局举报了牛百寒在土地庙里持枪伤人，并自导自演了三叠壶丢失假案的经过。公安局的黄局长非常重视，当即派人到土地庙里核实案情，并发出了对牛百寒和刘武的通缉令。

陈停云不愧是制壶的名家，他倒在病床上，用了三天的时间还是把三叠壶一丝不差地仿造了出来。三叠壶的秘密就是两个字——

温度，银丝铁券茶茶面上的菌丝并不适合用滚水来泡。如果用滚水泡，就不能把菌丝里含有的异香全部散发出来啊！

三叠壶的作用就是——倒水，经过大壶中的滚水倒进中壶变成热水，中壶的热水倒进小壶变成温水，而最后小壶中的温水，就是泡茶温度最合适的水。刘斌把银丝铁券茶泡成，屋子里立刻弥漫起一股清馨的茶香。茶水未及入口，香气已入喉，茶水入口，香气已及腹！果真是好茶。

可是两个人品完茶后，紧锁的眉头还是没能舒展开，他们在土地庙中嗅到的味道可比现在的茶香要浓上好几倍啊！

六、真相大白

第二天，牛百寒回到了西安市，令人意想不到的是，牛百寒倒打一耙，他竟到市公安局反把陈停云和刘斌给告了，他诬陷陈停云盗走了三叠壶，然后伙同刘斌到云雾山茶园图谋不轨，持枪伤人。土地庙就是被他们两个人推倒的，马犇被压死墙下，陈停云和刘斌就是杀人的凶手啊。

土地庙中的现场被破坏严重，枪上的指纹模糊不清，刘斌录完了口供，也觉得自己有口难辩，他乘着上厕所的机会，竟从公安局跳墙逃了出去。刘斌打了个出租车，直奔云雾山。现在刘武生死不知，不管刘武怎么对自己，他毕竟是刘武的亲哥哥啊！生要见人，死要见尸，他一定要找到刘武！

刘斌翻山越岭，找了两天，最后也没发现刘武的踪影。可是刘斌在云雾山中一条无名的山涧内，竟发现了近百棵银丝铁券的古茶树。铁券茶并不稀奇，最奇怪的就是那茶蛾胸口的碱性分泌物，这碱性的分泌物粘在铁券茶的表面，再经过露水的浸润，就会生出一道道乳白色的绒毛，那绒毛的成分是一种芳香霉，这种奇异的霉菌才是银丝铁券茶奇香的来源啊！

刘斌并没有找到有关弟弟刘武的任何线索，第三天一大早，他又悄悄地回到了西安市。

五六名便衣警察埋伏在刘家门口，警察们一见"潜逃"的刘斌回来，一拥齐上，强行将刘斌推上了警车，押回到了公安局。刘斌向黄局长解释了半天，可是黄局长就是不听，还没等黄局长签署拘捕令，就听见他桌子上的电话响了，原来失踪多日的刘武回来了。

刘武在外面躲了几天后，他见风声已过，准备回家收拾一下东西，然后远走高飞，没想到却被蹲坑的警察堵在了院子里。刘武抄起匕首，竟把一个年青的武警扎伤倒地，在他准备翻墙逃跑的时候，被武警一枪打中了背部，刘武现在已经被送去了医院，躺在急救室中正被医生取身体内的子弹呢！

直到第二天清晨，奄奄一息的刘武才苏醒了过来。陈停云看了一眼站在身边的黄局长，说道："刘武，你必须揭发牛百寒的罪行，不然的话，牛百寒还是要继续害人的啊！"

刘武虚弱地叫道："牛百寒开枪打老子，可你也不是什么好东西，你难道不是想得到银丝铁券茶的浸泡秘方吗？"

陈停云摇了摇脑袋，说道："刘斌替我打工不假，可我最终的目的就是想把茶楼交给你们刘氏兄弟二人啊！"

刘武的表情明显得不相信。陈停云解释道："你知道我家先祖陈啸天为什么会免费给刘家的先人做三叠壶吗，那是因为刘家的先人曾经救过陈啸天的性命啊！"

陈啸天制壶闻名天下，他家成为西安城里有名的富户，在一个月黑风高的晚上，云雾山上的一伙强盗竟将陈啸天绑了肉票，并索银 3 万两，否则就撕票。陈家东挪西借，只筹到了两万两白银，刘

家的先祖为了救人，竟把自己家的茶馆押给了当铺，帮陈家凑够了银子。

为了帮刘家东山再起，陈家特意做了这个三叠壶送给了刘家。刘家利用三叠壶，推出了银丝铁券茶后，真可谓日进斗金，可是他家的后人却骄奢淫逸起来，为了怕自己的后人败家，刘家的先祖给陈家特意写了这个关于三叠壶的契约——三叠壶是租借来的，刘家的子孙自然不可以随意变卖。

陈停云把话讲完，刘武也愣住了，他眼睛瞪得大大地道："这么说那三叠壶本来就是我们刘家的？"

陈停云点头说道："是的！"

刘武呼呼地喘着粗气，说道："那你写一份契约，把停云茶楼转到我的名下，我就揭发牛百寒这个老狐狸！"

刘斌气得一声怪叫道："刘武，你太过份了！"

刘武嘴一咧叫道："大哥，你说有钱的日子不好吗？我就喜欢钱！……"可最后一句话没等讲完，刘武脑袋一歪，绝气身亡了。

刘斌给弟弟刘武扫完了墓，坐车回到了西安城，他找到陈停云，将手一摊，他手心里面放着两面小铁牌，那个镌着"中"字的小铁牌就是刘武脖子上挂的那块啊。

刘斌脖子上挂的铁牌子上面写着一个"二"字。二加中不就是个"冲"字吗！都是泡茶把他们的思维给固定住了，除了泡茶，还可以冲茶啊！

用三叠壶的水调好水温，然后用水把银丝铁券茶快速一冲，那浓浓的茶香就出来了。看似简单至极，其实里面藏着奥妙，冲茶速饮才是刘家茶楼的不传之密呢！

牛百寒被绳之以法。停云茶楼变成了刘家茶楼。可真正叫人意想不到的是，这种浓香扑鼻的银丝铁券茶经过权威部门检验，那里面的芳香酶竟是一种可以叫人上瘾的毒物。一心想揭开疑团的刘斌也好，一心想发财，最后亡命的刘武也罢，他们都算是白忙活了。

看来世界上真的没有什么秘方捷径啊，诚信经营就是百世不易的为商之道啊！